家郷のガラス絵

出雲の子ども時代

長谷川摂子

未來社

家郷のガラス絵——出雲の子ども時代　目次

子ども時代

ふるさと回帰

古典との出会い

家郷のガラス絵

——出雲の子ども時代

装画——新井　薫

まえがき

『とんぼの目玉――言の葉紀行』を刊行したのが二〇〇八年の十月末。この仕事がよほど私の性にあっていたのか、とてもそこで打ち切れないような前のめりの気持ちが残ってしまいました。要するに、まだまだ書きたかったのです。未來社の編集者の天野みかさんにお願いして雑誌「未来」に「飛ぶ雀」というタイトルでまたぞろエッセイの連載を始めたのは二〇〇九年の七月のことでした。

前回は自分を育てた言葉の問題をめぐって書きましたが、今回は子ども時代の思い出や明治生まれの祖父の話などなど、故郷回帰の旅に出ました。

私が生まれたのは昭和十九年。一歳から十歳までの子ども時代はまるまる昭和二十年代でした。いいタイミングで生まれてきたと思っています。昭和二十年代は高度経済成長はまだまだ先の先。農薬も使われず、水は清く、田んぼには泥鰌やタニシがうようよいたのです。私の周囲には江戸時代からの共同体の慣習や古来の農作業のありようが目の当たりに残されていました。牛が田を耕し、人間の手で一本一本田植えがなされ、秋には刈り取られ、まだ千歯こきでもみをこき落とす農家もありました。馬は荷車を引く動力で、舗装されない道路にはお馬さんの黄色いぼた餅のような糞が道のあちこちに落ちていました。そんな風景は今、私の脳裏でガラス絵のように幾重にもかさなって底光りしています。

十歳までの子ども時代にそんな前近代の風景をとっぷり体験したことは幸せだったと思います。もちろん、親たちの貧しさの苦労は言い尽くせないけれど、たとえば、一合びんか二合びんだったかを手にぶら下げて酒屋に酒を買いにいったお使いの思い出は、今とは違う大人たちの暮らしの、切なくもゆったりしていた呼吸やテンポの違いをはっきり私の皮膚に刻んだのです。

私は祖父や父や母に子どものころの話を聞くのが好きでした。遠い過去の話でありながら、そこには子どもが子どもという普遍的な生命力をもって生きているのがうれしかったのです。私はそれを聞いていつもなにかしらの喜びと安心感を抱きました。時代も暮らしも違っていても、平和と愛情を注がれて大きくなった大人への信頼感が話から降ってきたのです。

自分の子ども時代の風景のガラス絵を一枚一枚楽しみながら拾い上げて書いていくのも年齢を重ねてきた余得かもしれません。子どもだった半世紀前の、貧しくも豊かだった裏日本の小さな田舎町のいきいきした暮らしの面影がこの余得の中に浮かんでくれば幸いだと思っています。さらに、読者の皆さんがもっている幼いころのガラス絵がこの本と連動してつぎつぎ浮かび、人生列車の窓の光がこのエッセイと交錯すればこれ以上の喜びはありません。

二〇一一年四月二十二日

祖父の時代・父の時代

祖父の新婚旅行

私の祖父、大谷弥吉は明治十九年生まれ、北原白秋と同い年で、今、生きていたら百二十五歳である。白秋よりずっと長生きをして、九十二歳でなくなった。私はこの祖父と大の仲良しだった。二十代の学生だったころ、夏休みに帰省すると、毎日、午前中いっぱい、祖父の枕元に座って、おしゃべりをした。祖父はそのころはもう完全に隠居生活で、とくに病をもっているわけではなかったけれど、たいてい布団に横たわり、ラジオなど聞いていた。私がそばに行くと、うれしそうに起き上がり、膝にかけぶとんを寄せるようにかけて、話が始まる。私は自分の好奇心にまかせ、適当に質問を発して、話題の方向をコントロールし、祖父の子ども時代のこと、青春時代のことを聞き出した。祖父の語りの背後から故郷、平田の町の明治時代の空気が古い缶詰の缶をあけるように漂ってくるのが、なんとも魅惑的だった。

明治初年、大谷家の家業は酢の醸造業だった。これは弥吉の祖父、宗蔵が創業したもので、

宗蔵はこれに成功、一代で財をなした。財は田畑の購入にかたむけられ、宗蔵なきあと、弥吉が成人するころには町でもひとかどの地主になっており、どういう事情かはっきりしないが、酢の醸造業は廃業された。弥吉は二十歳あまりで町の有力者のひとりとして、いわゆる実業の道に入った。明治の末、山陰本線が宍道湖《しんじこ》の南を通ることになった。北岸の平田の町や、西国一の信仰を集めた薬師如来を祀る一畑寺《いちばたでら》が陸の孤島のようになるのを憂い、弥吉は私鉄による山陰本線との連絡を企図し、宍道湖北岸に鉄道の敷設を計画。以後、この一畑電気鉄道の事業に生涯の大半を費やした。

祖父の話は多岐にわたり、なにから取り上げていいのか、迷ってしまう。

祖父は戦後、農地改革でもっていた土地をあらかた失い、そのうえ、昭和二十三年には跡取りの長男が五人の孫を残して病死し、失意のどん底に突き落とされた。年齢も還暦をすぎ、人生の区切りを感じ取ったのか、その年、今でいう自分史のような短い回想録を「自叙伝・思い出録」というタイトルでつづっている。この「思い出録」は祖父の死後、出雲弁でいう祖父のほんそ子（とくに可愛がっていた子）であった叔母の手にあり、叔母からみせてもらった。その冒頭に明治の人とは思えない記述があって、一読して忘れられない印象を受けた。とくに読書好きでもない生真面目な田舎紳士の朴訥な文章には力コブが入っている。

結婚。明治三十八年十一月九日。簸川郡東村大字園、角常三郎、長女ナヲと結婚いたしました。

凡そ、人生の運命は結婚に依り始まり又定まるものと思います。終生妻は夫と運命を共にし、又夫も妻と共にし運命を左右せられます。妻の性格に依りて夫の将来の仕事に絶大なる関係があることは私の一生今日までの事績に調して証拠立てています。

祖父が回想録を結婚から始めるなら、私もそのことから始めようと思う。回想録に書かれていない面白い話をたくさん聞いたのだから。

祖父の時代の結婚は本人の意思とはなんの関係もないところで決まったらしい。そのことについて祖父は十九歳という若さでありながら、なにも不満を感じなかったらしい。北村透谷の恋愛論など遠い遠い話だったのだ。私は祖父に聞いた。

「ほんなら、結婚式の日まで、嫁さんになる人と一度もあったことがなかったの?」

「いんや。婚礼を挙げる前の年だったと思うが、一回だけ会ったがね」祖父はふふっと含み笑いをしながらいった。

「どこで、どげして?」

私が追求すると、祖父はおかしそうに話してくれた。

「もうわしに嫁さんがきまっとる話は聞いとったが。松江の親戚の叔母さんと、松江の大橋をわたっとったとき、むこうから若い娘さんがお針道具をかかえて歩いてきた。叔母さんがわしのひじをつついて『あれ、あのしゅ、ああが、おまえさんの決まったひとだが』ていうだ。わしゃ、びっくらして立ち止まって、その娘さんを穴が開くほど見たがね」

「むこうは気がついたかね」

「いんや、知らん顔してすれ違っていかしゃったけん」

「ふうん、そおで、おじいちゃん、どげ思った？」

祖父はにやにやしながら答えた。

「ぽちゃぽちゃとかわいかったのう」

松江大橋は宍道湖から中海に抜ける大橋川にかかった松江を代表する古典的な橋である。そこでのふたりの出会いはまるでドラマの一場面のようだ。この話をする八十歳をすぎた祖父の顔になんともいえぬ含羞が浮かんでいて、そのときの祖父の目は忘れられない。いったい人間の魂に加齢ということがあるだろうか。

明治三十八年十一月九日、平田の大谷家で婚礼の式があげられる。私も祖父が式をあげた同じ家で十八歳まで育った。私は祖父に聞く。

「どげな結婚式だったかね」

「いやあ、三日のあいだ、土間に酒が流れたがね」

「三日も宴会が続いたの？」

「ああ、そのあいだ、うちの台所の土間は誰が入ってきてもいいし、誰にでも酒を飲ませたけんの」

「なんで土間に酒が流れるの？」

「樽酒が並べてあったから、栓を抜いて杯に受けるたんびにこぼれるだ」

「ひゃあ、すごい。それで嫁御さんはどげな仕度だったかね」

「御高祖頭巾《おこそずきん》をかぶって人力車にのってきたげなが……」


この質問には祖父ははかばかしい記憶がないとみえて、追求してもなにも出てこなかった。私は人力車にのってやってきた御高祖頭巾をかぶったお嫁さんを想像して、意外と地味な印象を勝手に作り上げた。

翌年四月、ふたりは新婚旅行に出かけることになる。「思い出録」によると、弥吉の母が「女は子どもがある様になれば子どもの養育の為、遊覧はできぬから今の内に東京、京都、大阪を遊覧するように」とすすめてくれたという。慈母の言葉と弥吉は言っている。「平田で新婚旅行に出かけたのはわしが初めてだ」と祖父は自慢げに語った。

私は新婚旅行なんていつから庶民に普及したのだろうと、その由来を知りたくなった。ネットで調べてみると、どうやら坂本龍馬と妻のお龍が慶応二年、薩摩の霧島温泉などに逗留したのが日本の新婚旅行の始まりといわれているらしい。「西洋では結婚したら夫婦ふたりで旅行に出かける『新婚旅行』というものがある」と龍馬にささやいたのは勝海舟だという。だから「よおし、新婚旅行だ」と龍馬は出かけたわけではなく、西郷隆盛にすすめられて寺田屋で受けた傷の治療に薩摩に静養に出かけたのが本当らしい。しかし、「新婚旅行」という考え方が結婚の近代化の兆しを含んでいるのは確かだと思う。「西洋では」という勝海舟の知識は当時の状況を反映しているのような気がする。家に嫁し、家のために子をなす、前近代の日本の封建的な嫁の位置からすれば、結婚を一対の男女の結びつきととらえ、ふたりで旅行にでかけるという発想は、家制度からの独立が感じられる。が、祖父がそんなことを考えていたわけがない。時代の先端をゆくしゃれたことをしたという意識だったのではないだろうか。「新婚旅行」という言葉は「文明開化」の匂いを紛々とさせていたに違いない。龍馬はともかく、庶民にそんな習慣がどのように広がっていったのかは分からない。もしかしたら、祖父が勝手に自分たちの旅行をあとからの知識で「新婚旅行」にしてしまったのかもしれない。それにしても明治時代に、たったふたりで一ヵ月以上も諸国を訪ね歩く旅をすることは、夫婦の意識としても意外に近代的な感覚を築いたのかもしれない。

当時、山陰本線はまだ開通していなかったので、鉄道で大阪方面に出るには山陽本線の通っている岡山まで出なくてはならない。そこで米子から岡山県の津山まで人力車で中国山地を越え、津山から軽便鉄道で岡山へ出るというコースが利用されたという。この人力路線は今、JRの伯備線になっている。もちろん今はトンネルであっという間に通り過ぎるけれど、当時はそうはいかない。米子、津山間は二十五里というから約百キロ。人力車で一気にいけるわけがない。途中、根雨と勝山で宿をとって泊まっている。二泊三日の行程であった。根雨からは上り坂。中国山地の最高の難所は四十曲がりと称され、「上方に奉公に出る若いもんはこの峠で故郷の見おさめといって、ふりかえったもんだわな」と話してくれた。

「そげな険しいとこ、人力車でいけたかね」ときくと、

「そこは乗客もおりて歩かなならんだったわ。人力二台を馬一頭が引くやにして、馬の力を借りたもんだ。頂上で馬を放すと今度は急な下りで、がたがた揺れてのう。今みたいなゴム輪だないけん、金輪だけん、えらいめにあったやな気がしたもんだ」

岡山でやっと山陽本線にたどり着き、ふたりは一路、京都へ。金閣寺、北野天神、妙心寺、仁和寺などを見学したとのこと。大阪にはよらず、京都から東京に行く。

東京では親戚の家を宿にして、いろいろ見学したらしい。「思い出録」によると、小石川植物園、大学、新宿水道元、十二社、芝公園、増上寺、上野公園、日比谷、宮城、亀井戸天神、

浅草、水天宮、泉岳寺、各官庁、九段、深川八幡、とある。この徹底した東京見物には驚く。しかし銀座などの繁華街が入っていない。まだデパートなどもできていないころだ。江戸の名残の色濃いのどかな東京がしのばれる。今、新丸ビルのある宮城前などは東京駅もなく、だだっ広い草原でなんともさびしいところだったそうである。

東京見物を終えたあと、日光へ。さらに碓氷峠《うすい》を越えて長野の善光寺にも参詣したとのこと。どんな交通手段で行ったのか、今祖父に聞きたい思いがするが、聞きそびれてしまった。しかし、東京からわざわざ日光まで足を延ばす、その気持ちや「日光を見ずにけっこうというな」という、今のわれわれにはなんとも理解不能なことわざが生きていたのだなあ、と思ってしまう。「牛にひかれて善光寺」の善光寺も、地理的には不便なところなのに、逃してはならないスポットだったのだろう。こんな遊覧旅行になんとも明治の匂いがする。

「思い出録」を読むと、その後東京に帰って休養をしてから、再び西にむかい、伊勢と奈良、大阪に行っている。この間、約一ヵ月あまりというのだが、若いふたりにしても、かなりの強行軍だったのではないだろうか。

祖父が笑いながら何度も話してくれたのは、最後に旅費が足りなくなった話である。帰りは岡山経由ではなく、広島に行って宮島見物をする。すでに大阪で旅費が欠乏し、広島の宿宛に電報為替で百円を取り寄せ、それで間に合ったという。

「デンポーガワセでうまいことやったけんのう」と、祖父は得意そうに言う。私も祖父の話で初めて電報為替というものの存在を知った。祖父も電報為替という文明開化の金銭取引法を利用して、ピンチを脱した若き日の手柄を思い起こすように、新婚旅行の思い出話というと、「デンポーガワセ」が口をついて出る。そのたびに私はおかしくて仕方がなかった。

かくてふたりは帰途、またしても人力車で広島から三次、掛合を通って中国山地を越え、無事、平田に帰還する。今このコースは広島と出雲を結ぶ幹線道路になっていることを思うと、道というものの命を感じてしまう。

なにか旅行中の情緒的な面白いエピソードを聞きだそうとしたが無理だった。なにしろデンポーガワセ一本やりではしょうがない。祖父はよほどに散文的な性格だったのだろう。

先に引用した祖父の「思い出録」の冒頭にある夫婦観はどのようにして形作られたのだろうか。妻となった祖母はいったいどんな性格だったのだろうか。興味をそそられる。面識さえないふたりが夫婦となって、相手がどんな人間だろうと、互いが互いを見合って、共に暮らし始めたときの感覚は想像するだに緊張が走る。

私は四人の子どもを育てたのだが、四人とも個性豊かに性格が違う。赤ん坊のときは泣き方、食べ方などからなんとなく推量できても、どんな性格かと断言できるほどではない。それが二歳、三歳、となると、それぞれに旗幟《きし》鮮明になり、「君は繊細だけどちょっと気弱」とか「ひょうきんで親の叱責をするっと逃げてしまう才能あり」とか「一人遊びが好きで腰が据わっている」とか、つくづくと顔を見ながらいえるようになる。生まれたての白紙から個性的な色彩が浮かぶまでの過程はぞくぞくするほど面白い。

すでに成人したふたりが白紙の状態で出会い、生活を共にするなかでつぎつぎと相手の性格が暴露される過程は赤ん坊の成長よりもっともっとスリリングなはずだ。なにしろ、互いの後半生がかかっているのだから。しかし、散文的な弥吉さんからはそんな話はうかがえない。ただ、嫁さんを深く信頼していたことは確かである。

弥吉の妻なる祖母はどんな性格だったのか。母や叔母から聞いた祖母の印象的なエピソードを紹介しよう。

これは叔母から聞いた話である。昭和になってからのことらしいが、会社の内紛で、敵対した重役から祖父が会社の公金を横領したと告発されたことがあったらしい。その事件はでかでかと地方紙に載り、祖父は警察に呼ばれて取調べを受けた。その最中に親戚の叔父が祖母を心配して訪ねてきた。祖母は泰然自若として、動揺の影も見せず、「あれだけ私財を投じて作った会社でそんなことを主人がするわけがない」と、普段とまったく変わらない様子で対応したらしい。その叔父は若かった叔母に「お前のお母さんはたいしたもんだ」と感心して言ったという。もちろん冤罪であった。

明治生まれの地方の中産階級以上の男たちが女遊びをするのは、男の甲斐性のうちと考えられて、ごくありふれたことであった。女はそこをどう耐えるか、それぞれに試された忍耐の歴史がある。そこを男が「悋気《りんき》すな」などというのはむかっ腹が立つ話だ。

しかし、当時のイデオロギーからすれば、女遊びも程度問題で、極端になれば夫婦関係に決定的な亀裂をもたらすこともあっただろうが、日常の夫の態度を見ながら、そこで信頼を崩さない、家庭に波風を立たせない、という姿勢もあったのではないだろうか。

これは母から聞いた話。ある客が、祖父がよその町の芸者のところに通っている噂があると、余計なことを祖母の耳に入れた。祖母は顔色ひとつ変えず平然とその客に言い放ったという。

「わしが惚れた男だもの、芸者も惚れるわな」

明治生まれの祖父からすれば、できた妻であったと思う。

明治の凧揚げ

祖父の回想録によると、祖父は十九歳まで寛三という名前だったらしい。明治三十八年、父の死とともに家督を相続し、父の名前、弥吉を襲名した。

祖父はわずかながら、少年期の思い出も話してくれた。自分自身の思い出というより、寛三少年をつつんでいた平田の町の空気を色濃く伝えるものだった。その思い出話について書こうと思う。

祖父は床の間の掛け軸を季節季節に取り替えた。私はよくその手伝いをさせられた。「どげかいな。まっすぐかかっとるか」と祖父が聞く。私はそばに立って見ていて「右がちょっと下がっている」などというだけの手伝いだった。掛け軸を変えると、祖父は私と並んでみながら、その軸にまつわる話をちょっとした。あるときこんなことをぽっつり言った。

「こーは儀間ちゅう家からながれてきたもんだ」

「儀間って？」

私は聞きなれない苗字に首をかしげた。

「ほんならおまえに木佐と儀間の争いの話をしてやーか」

祖父は居室の布団の上にもどってこんな話をしてくれた。

「儀間は寺町に屋敷があった江戸時代からの親方衆《おやかたし》で、たいした金持ちだったがね。お前やつが楽しみにしとる夏の天神さんの祭りに神輿がこの宮《みやんちょ》の町から寺町までお旅をされるにはわけがあるだ」

私たちの家は神社のすぐそばの宮の町という町内にあった。宮の町から寺町まではほぼ五、六百メートル。番内と称する暴れ天狗が先払いをしたあと、町の中心部を通って神輿はしずしずと練り歩くのである。

「天神さんのご神体は儀間の井戸から出たもんで、儀間の旦那が氏神さんの隣に社を建ててそのご神体を天神さんとしてまつったもんだがね。祭りの日には神さんは元の古巣の儀間に帰って一息入れて、また社に戻られるわけだ」

「今、その儀間っていう家はないよね」

「ないがね」

「ほんならどこで一息いれられるの？」

「儀間があったあたりの道路にお旅所を作ってそこで休憩されると思うがの」

「なんで儀間はなくなったの？」

「明治二十年代に鉱山の事業に手を出して、大失敗をして倒産した。財産はみんな人手にわたってしまった。書画骨董もみんな手放さいたけんの。世間のあちこちに流れ出て、うちの掛軸も人手から人手にわたって、うちにきたもんだ」

「ふうん、そんな御大家がきれいさっぱり消えてしまーだねえ。なんだい不思議。おじいちゃんはその儀間が盛んなころを覚えちょうかね」

「ああ、わしが子どものころのことだがのう。まんだ尋常小学校のころかもしれん。儀間と木佐とは仲が悪るての、えつも若い衆《わけし》は喧嘩だったがね」

木佐は大地主で江戸時代からの平田の町の庄屋。平田の中心部、市場という町内にみごとな日本庭園をそなえた大きな屋敷があった。松江の殿様が出雲大社に参詣するときは宍道湖から船で平田に入り、木佐で一泊したのち、陸路で大社に向かったという。つまり本陣だったのである。今この屋敷は平田の山沿いの郊外に移築され、「木佐本陣」として一般に公開されている。

「ふうん、どげな喧嘩だったかね」

私は聞いた。

「犬の大喧嘩を覚えちょうがね。木佐も儀間も似たやな、がいに大きな犬を飼っとっての。若《わ》い衆《けし》が何人もして散歩させるだ。散歩いったてて下心があるだけん、だいたい似たやな時間に出発し、で出会うようになっとるだ。二匹が出会ったとなったら大騒ぎだがね。何人もして犬をけしかけて喧嘩させる。近所の子どももやつもわあわあ集まってくる。ま、町の真ん中で闘犬をさせとるようなもんだわな。そりゃ、えらい騒ぎだったもんだ」

うわあ、『ロミオとジュリエット』のキャピュレット家とモンタギュー家みたいだ、と私は思ったけれど、口にはしなかった。そんなことを祖父に説明するなどと考えるだけで気が遠くなるではないか。

「ほかにどげな喧嘩があったかね」

「凧揚げの喧嘩があったのう」

祖父はこんな話をしてくれた。

春、二月、三月、季節風の強い日、木佐に出入りする若い衆は木佐の若奥さんに頼みに行く。

「なんと、奥さん、坊ちゃんの凧を揚げさせてもらえませんでしょうか」

木佐家では男の子が生まれると、こいのぼりをそなえるように凧も用意する。男の子は三歳くらいだったらしい。この子とは関係なく若い衆がよってたかって凧を揚げるのである。

「ああ、今日は風があるけん、凧揚げにはいいかもしれんの」

と、奥からぞろりと出てきた若奥さんがいう。祖父がいうにはこの奥さんは着物のすそを畳にひきずっていたそうだ。きっと祖父はそれを少年の目で目撃したのだろう。印象深そうにそのことを何度も口にした。

我が家は幸か不幸か、儀間家ではなく、この木佐家の番頭格の家であったらしい。それで祖父も若い衆に立ち混じって、凧揚げに参加したわけだ。

「どげな凧だったかね」

と、私は聞く。

「畳六畳じきはあるえらい大きな凧だったけんの。はこぶだけでも騒ぎだった」

「どげな絵が描いてあったかね。武者絵かね」

「いんや、いんや、えびっすさんや大黒さんの絵だったと思うがの。出雲大社で作っとったもんかもしれん」

「どこで揚げたの？」

「そーがの、平田小学校の校庭だったがの。校舎の二階から揚げたもんだ」

私は自分が勉強した平田小学校の校舎を思い浮かべた。今その校舎はとりこわされてあとかたもない。しかし、私が通った小学校はおそらく明治の十年代に建てられたもので、祖父の話と私の記憶は符牒が合う。教室は中庭をはさんでコの字型にあり、東側の校舎の窓は広い校庭に向かっていた。私は四年生のとき、校庭をのぞむ二階の教室で学んだ。窓の外を見ると、広い校庭が広がり、その向こうは果てしなく田んぼ。田んぼのむこう、薄い山並みの上には大きな空が広がっていた。ああ、四年三組のときのあの教室から凧を揚げたんだ。そう思うと胸がときめいた。

「学校は休みだったかね」

「どげだったかいの、覚えとらんが……」

なんとのんきな学校だろう。木佐の出入りの若い衆《わけし》がどどどっと、学校の二階にあがって、窓から身をのりだし、六畳敷きはある巨大な凧の上のはじを持つ。校庭では凧のツナをもって風をみて走り出す若い衆がいる。勇壮な風景に胸がとどろくではないか。

「そーで、儀間との争いがこの凧揚げに関係があるの？」

と、私は話題の方向を軌道修正をする。

「あるある。ちょうどそのころ、儀間にも小さな坊っちゃんがおらいての、儀間にも同じやな凧があったがね。木佐で凧を揚げるげな、と話が伝わると、儀間の若い衆もだまっとらん。若い衆がそろって凧をかついで小学校に行く。儀間は儀間で隣の隣の教室くらいから凧を揚げる算段をする」

「両方で凧を揚げて喧嘩になるの？」

「おまえは喧嘩凧ちゅうもんを知らんのか」

祖父はあきれた顔をして私を見る。

「凧の下のほうに両脇に突き出た剣先がついておって、それを相手の凧にからませて、相手の凧の尻尾を切るだ。そうすると凧はおちてしまう。ツナをもった若い衆はヨイショ、ヨイショと掛け声をかけて、敵の凧の尻尾を切ろうと、狙いを定めて凧を揺らす。そりゃあ、みんな、のぼせたもんだ」

「ふうん、そーで、勝った、負けたの挙句がどうなったか覚えとる？」

「そぎゃんとこまで覚えておらんの。喧嘩になったかもしれんの」

祖父の話はそこまでだった。儀間と木佐の争いの話は闘犬と凧揚げに終始した。それでも四年三組の教室から凧を揚げる若い衆の興奮ぶり、広い校庭を若い衆がツナをにぎって駆け抜けて、ゆらりと巨大な凧が空に揚がる、その光景が目に焼きついてまるで映画の一場面のように私の脳裏に広がる。

この話を聞いて以来、私は我が家の墓と同じ寺にある「儀間」と彫られた墓石が並ぶ墓地が気になる。ほとんど無縁墓地に近く、花などあったためしがない。倒れそうな墓石、欠けた墓石がみんな一様に苔むして深い緑色をしている。そこが祖父が話してくれた儀間家の墓地かどうか確かめたことはない。が、この寺は平田の町のもっとも古い家が寄り集まって檀家になっているのだ。私には、そう狭くもないその墓が栄耀栄華を誇った儀間家のそれのように思われて、思わず足を止めてしまう。だれもふりかえらない儀間という家の墓を。

祖父から少年時代の遊びの話をもっと聞いておけばよかったと、いまさら悔しく思うけれど、聞き書きなどというしっかりした記録意識もなく、ただ祖父のうれしそうな口調に惹かれて、明治時代の話を楽しんだだけだったから、ほかに今思い起こす話題は断片的というしかない。断片的なかからかすかな光芒を放っている絵のような印象を二つ、書きとめておこう。

祖父は酒好きだった。枕もとの押入れの中は祖父専用のバーになっていて、あけると種々の酒瓶がずらりと並んでいた。日本画が好きで、自分でも絵筆をとった祖父は尊敬する横山大観を引き合いに出していう。

「大観さんも死のうまで飲まれただけん、わしも飲む」

その通り、祖父は九十二歳の天寿を全《まっと》うするまで飲み続けた。祖父は笑いながら幼少のころの酒の飲み始めの話をした。

「わしゃ、五歳のときから飲んどる。我が家が酢を作る商売だっただけん、納屋に酢にする酒が樽に入れて並べてあったがね。そーを五歳のわしがひしゃくですくって飲んだと思わっしゃい。うまかったとみえて、ちょびっとだなしに、ごくごく飲んだと思わっしゃい。ように酔ってしまって、樽のあいだでひっくりかえって、ごーごー寝とったげな。家のもんがみつけておべてしまって（びっくりしてしまって）のう。はっはっは」

いまひとつの話題は明治の受験勉強だ。祖父は尋常小学校四年、高等小学校四年を卒業したあと松江中学校に進学した。もちろん入学試験があった。受験勉強を指導したのは、祖父の祖父、宗蔵だった。宗蔵は開明家で、近所の少年の中に勉強ができる子がいると奨学金を出したりしたそうだ。

さて、寛三少年は暗い部屋で祖父と差し向かいで勉強をした。冬だからコタツで勉強するのだが、正座していないと怒られる。足が冷たいから、こっそりコタツの中に足を伸べようものなら、向こう側の宗蔵じいさまが寛三少年の足をすかさずぎゅっとつねるのである。

天井の低い、昼でも薄暗い部屋だったから、行灯《あんどん》をつけて勉強をした。受験勉強で遊びの輪から外された祖父を近所の子どもたちは「ひるあんど、ひるあんど」とはやしたてたそうである。

受験勉強は現代も明治もつらそうだ。しかし、松江中学校に入ってからは愉快に勉学に励んだようだ。「なにが好きだったかてていうと、幾何が好きだった。考えるとおもっしぇけんのう。つづり方が嫌いでの。『一瓢を携えて長堤に遊ぶ』、ちゅうやな文章を書け、ていわれてもそげな気取ったことは書けんがの」などといっていた。私が西洋哲学を勉強しているというと、「中学でアリストートルの倫理学ちゅうもんを習った覚えがあるぞ」といって、私をびっくりさせたりした。少年期の好奇心の所在が八十歳を越えても、祖父の心にしっかり刻まれていたのである。

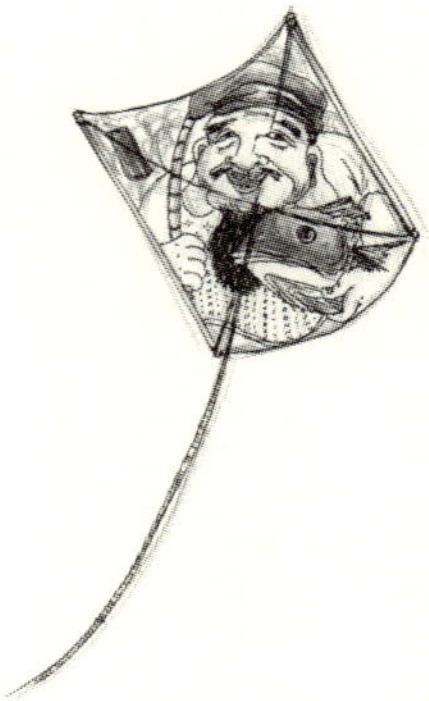

祖父の信仰

平田の町から東へ二十キロほどのところに、薬師如来を祀った一畑寺がある。この薬師如来は眼病を癒してくれる霊験あらたかな仏として、江戸時代から西国一の信仰を集めていたという。寺は日本海と宍道湖、双方を望む山頂にあり、千数百段の石段を登っていかねばならなかった。子どものころ、私たちもよく学校からの遠足でこの一畑山に登らされたものだ。

祖父は一生涯、この薬師如来に深く帰依していた。八の日は仏壇の前での読経がいつもより長く、「オンコロコロ、センダリ、マタオキソーワーカ」という薬師如来の真言が何度も唱えられ、私たち子どもの耳にはすっかりお馴染みになってしまった。薬師如来を信心するようになった動機は、祖父の十八歳のときの眼病の治癒にある。そのいきさつは回想録に詳しく述べられていて、読んでいると、当時の人々の信心の様子が髣髴《ほうふつ》としてくる。文章も明治の古色を帯びていて、セピア色の古い写真を見るような趣きがある。少し長いけれど、文意の通りにく

いところは手を入れて、ここに引用しようと思う。

或る朝、目が非常に霞んで向こうに幕を張ったようですが、平田地方には眼科医は河原良治郎医のみでありましたから早速診察を受けましたところ、角膜実質炎で非常に長い病気とのことにて大変驚きました。

大体この病気は胎毒の結果にて直接に目の治療方法は少なく、飲み薬で毒を下す方法で有り、なかなか眼病には効かず、母はこの上は一畑薬師に参詣して薬師如来のご加護を受けるほかはないと確信し、私に薦めますが、私はまだ十八歳の若者で信仰心はなく一笑に付していました。母はなかなか聞きませず、一畑薬師如来の霊験あらたかな試しを話して、ぜひ参籠いたすようにすすめました。

もっとも眼病にかかると同時にご祈禱はしていたようでした。母の実家（一畑寺のふもとの旅館）は一畑寺と深い縁故があり、寺の田畑、山林などの管理を委ねられ、祖先もひとりは住職だったという家柄ですから、一畑薬師の大信仰家で私どもの子どもの時には母の実家に行くたびに参詣したものです。かような意味で、遂に九月の初めころ、駕籠に乗り一畑山に登り、薬師堂前の玉静館に滞在、朝夕参籠いたしました。参籠すること一週間いたしますと、俄かに脳貧血の発作を起こし、目眩の為、天地が転倒するような状態に陥りました。山上は医師が不便な為、母の実家まで下山することにいたしました。旅館の親方方《おやかたがた》は私を慰め、こう申しました。

「貴方は御霊験があり、必ず治りなさいます。それは数多くの患者が御蔭を受けなさる時は何か身体上の変動があるからです。貴方は今、目眩がして難儀そうですが、日ならずして、御蔭が現れます」

私は半信半疑ながら、或いはと思っていましたところ、養生中、強い光線に出会い、目に変動が起こり、目をつぶっていると、五色の粉末の入り乱れるような光影が現れました。

ほとんど夜と昼との見境が分からない程度まで角膜を犯されていましたので目に黒布をあてていましたが、下山後二日くらいのときに河原医師が診察に来られました、目の黒布を取り外したところ、なんと不思議ではありませんか。罹病以来、悪化いたすのみのところ、今初めて薄々と河原医師の顔が見えるようになりました。私の喜びは如何ばかりか、初めて再生の想いがいたしました。これが私の一生涯、一畑薬師如来を信仰いたすようになった動機でその後は熱心な信者のひとりとなりました。その後四十六年間、信念の変更はいたしておりません。

その後、祖父の眼病は着々とよくなり、絵を描いたり、本を読んだりできるまで回復した。

祖父の喜び如何ばかりか、と私まで言いたくなる。しかし、近代人の感覚からすれば、不可解かつ不思議としか言いようがない。私は祖父の話を聞いて、「ふうん」と、感心したような、納得できないような顔をしたことだろう。しかし、日本には『壺坂霊験記』をはじめ、仏の霊験を説くさまざまの物語があり、実際、多くの庶民が病を癒すべく、またさまざまなこの世の苦難を克服すべく、仏に信仰を寄せて寺々に参詣したのだろう。一畑寺もかつてはふもとに七、八件の旅館が並び、文字通り、門前市をなす賑わいだったが、そこにはそんな庶民の願いが集約されていたと思う。

祖父は一生涯となえた「オンコロコロ、センダリ、マタオキソーワーカ」の中に信心の真実を込めたことであろう。信じない人間は首を傾げつつ、現に目の前にいる人間の「オンコロコロ」の声の迫力にたじろぐしかない。しかし、私は祖父の信心を迷妄だとは思わない。祈りをささげるということの純粋さは、さまざまな迷信とは一線を画していると思う。私たちだって身近な人間の病気の恢復を願って、祈るしかないと思うことは少なくない。また、イラクやアフガンの無辜の民の悲惨を思えば、一人の個人としては「祈る」という言葉が切実に迫って、ぎくりとすることもある。なにに向かって祈るか、という点で現代の日本人の多くは焦点を失っているけれど、一定の宗教を信じるかどうか、それはそれでプラス、マイナス、さまざまな問題を個人に投げかける。ともあれ、私は祖父の祈りの声の中に、たくさんの霊験記を残した日本の庶民の仏への祈りの歴史の最後の尻尾をしっかりつかんだような気になっている。

節分の日のことも忘れられない。あれは弟が幼稚園の年長だったころだから、昭和三十年のことだったと思う。幼稚園での節分の行事で使ってきた鬼の面を、弟は得意そうに持ち出し、それを顔につけようとした。それを見咎めて祖父は激怒した。

「鬼は払うもんだっ！　家の中のもんが鬼になるやなことを誰が教えた。節分は隠れた鬼を払うもんだっ！」

祖父の真剣な怒りに小学生の私の心は震え上がった。弟はわっと泣き出した。祖父は泣いている弟を無視して豆をまき続けた。

「福はーうち、鬼はー外、鬼はー外、鬼はー外」

ばらまかれる豆の勢いに乗った祖父の声は真面目そのもので、恐ろしいようだった。そして、「福はーうち」よりも「鬼はー外」の方が何度も何度も繰り返された。

今、私たちがやっている節分の豆まきはいったいなにをしているのだろう。鬼の面をかぶった大人や子どもに遠慮会釈なく豆をぶつける楽しいゲームのようなものだ。「鬼を払う」などという言葉は宙に浮いて消えてしまった。しかし、祖父の激怒に触れた小学生の私は、家中の鬼の退散を願う家父長の真剣な想像力に圧倒されてしまった。今、この種の年中行事は家庭からは消えつつあり、保育園や幼稚園の行事になっていることが多い。大人も子どもも格好な演出のついた遊びのように思っているけれど、昔の人にとっては遊びではなかったことが祖父の怒声の中にびんびん伝わってきて、私たち子どもは呆然としたのである。

今、『今昔物語』の鬼の話などを読むと、この世界は祖父の心と地続きだと思う。鬼の存在を信じていた何百年前の人々の話という遠い疎隔感が、節分のおりの祖父の激怒で一挙に狭まってしまった。祖父という身近な親しい人間が数千年来の日本人の心的伝統を実際にシェアしているという事実の重さは、前近代という歴史的区分を越えて私の心にずっしり座り込んでしまった。祖父を通じて長いあいだ鬼を信じてきた古い日本人の存在が生々しい手触りのあるものとなったのである。

祖父は八十代になってもよく宮参りをした。宮の中心は宇美神社。海から御神体が上がり、海神社が宇美神社になったらしい。これが平田の町の氏神である。出雲大社のお膝元だから社殿はすこぶる立派だ。出雲大社と同じように本殿の前に豪華な拝殿がある。一段と高い後方に千木と鰹木をいただいた大社式建築の本殿が厳かにそびえている。毎朝六時には神主が拝殿に出て朝のお勤めの太鼓をたたく。代々の神主のお勤めだからもう百年以上も続いていることだろう。我が家とお宮は歩いて一分とかからない近距離だから、太鼓は寝ている枕元まで響いて聞こえる。朝まだき、布団の中で聞く「テッテ・ドンドン」というリズミカルな太鼓の音は、たまさか帰省した私の耳に濃厚なふるさとの空気を運んでくる。

祖父は白内障で晩年はほとんど目が見えなかった。騒がしい子どもたちと同じ食卓を囲むわけにもいかず、祖父だけ別の部屋で食事をし、私はよくそのお給仕をした。祖父は皿を箸でちょっとつついて「こーはなんだ？」と聞くのである。「それは酢の物」とか「それは高菜の漬物」とか私は解説しなければならなかった。そのくらい目が見えなかったから、一人で宮参りなど危なくてできなかった。私はいつもお供についていって、ときには手を引きながら、ゆっくりゆっくりお宮を一周した。

社殿の周囲はぐるりと参道がめぐらされ、参道の周囲には鍛冶屋の神の金屋子《かなやこ》さんだの舟の守護神である舟霊《ふなだま》さんだの荒神《こうじん》さんだの産土神《うぶすながみ》だのさまざまの神を祀る小さな末社や祠が並んでいる。末社は一メートル四方ほどの石垣の上に小さな社殿がのせられている。

あるとき祖父は舟霊さんの社殿の前で足を止め、目を細めて上を見上げた。社殿の屋根は葺きかえられたばかりの銅板が赤銅色に輝いていた。

「摂子や、こりゃせんど屋根替えしたばっかで、まんだ赤がね色だが、あと三十年もたってみ、緑青《ろくしょう》がふいて、そりゃ、けな、けな（きれいな、きれいな）緑色になるけんの」

と、祖父は言ったのである。そして美しい緑色になった屋根を思うかのように、しばらく上を仰いでじっと立ち止まっていた。私は「三十年」という祖父のことばに驚いて相槌も打てなかった。そのとき祖父は八十代の半ば、三十年後、祖父は確実にこの世から消えている。しかし、祖父は我が目で確かめられるかのように、春まいた種を、その年の秋、収穫するかのように、こともなげに「三十年」と言ってのけたのである。そのなにげなさに私は言葉を失った。たいしてなんの思い入れもなくふともらされた「三十年」という発言の中に、神社と共生している祖父の精神的生命を思ってしまった。

祖父はずっと氏子の代表格で、お宮の遷宮やお祭り、社殿の修理などに心を遣い、それなりに経済的支援をしてきた。それは戦後の農地改革後の我が家の窮迫の時代にも続けられ、私の母などは「宮やなんかのことで出費が……」と愚痴っていたのである。

祖父にとってお宮とはなんだったのだろう。自分が属すると信じている平田の町という共同体の永世を象徴するものだったかもしれない。お宮がなかったら、なにをよりどころにこの町に住んでいるのかという気持ちだったのかもしれない。自分の死後、美しく緑青をふく小さな末社の屋根を想像して祖父は満足していた。いや、自分が生きているか、死んでいるか、そんな個人の生死をはるかに越えたものとして神社があり続けると信じていたのだろう。お参りのとき、拝殿の前で拍手《かしわで》を打って、ていねいに頭を下げる祖父の心情は、その場かぎりの形式的なお参りとは違って、自分自身の存在のありようをどんと懐に引き受けてくれる超越的な存在への心からの帰依だったのだろう。

天神さまのお祭りのときのことも思い出す。お旅といって、神輿がお宮を出て町の中心部を練り歩いてゆく。神輿は我が家の前も通っていった。そのときにそなえて祖父は必ず母に「羽織を出してくれ」と頼み、絽の紋付羽織を上等の浴衣の上にはおって、玄関前で神様のお通りを待ちうけた。お通りのときには拍手を打って、深々と頭を下げるのである。私たち子どもらが、先払いの暴れ天狗を追いかけて、わあわあ大騒ぎをするなかで祖父の厳かな態度は子ども心に印象的だった。

もう九十歳を過ぎたころ、ある朝、祖父は私にこんな話をした。

「摂子や、ゆうべ、夢を見ての。わしゃ、愛宕山（そこから平田の町全体を視野に収められる町の北側の小高い丘）の上に立っとった。愛宕山から平田の町を見下ろすとのう、平田の町がどこもかしこも金色《こんじき》に光っとった。まぶして見ておられんほどだったがね。屋根からなにからみんな金だったぞや。金でできとったぞや」

平田は祖父にとっては自分が属する共同体の町。金色に輝く平田の町を見ながら、祖父は夢の中で至福のときをもったことだろう。

大正の子どもたちの限界芸術

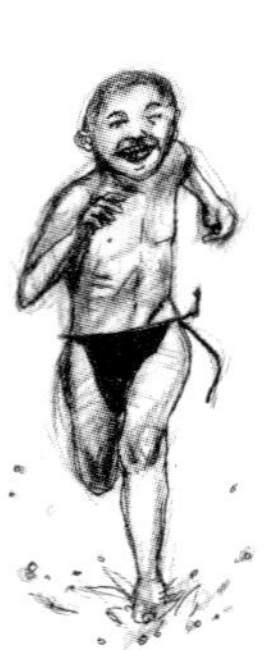

大正時代の子どもであった父の思い出話。

父は昭和十五年、母と結婚後すぐに軍隊に召集され、中国大陸に行った。昭和十八年、除隊になり、翌年、長女の私が生まれた。戦後は祖父が築いた一畑電鉄に入社。平社員からサラリーマン稼業を勤め、最後には社長になった。そんな経歴の父のイデオロギーは若い私とことごとくすれ違い、時代背景の見える話は聞けば聞くほど複雑な気持ちになり、今ここで素直につづる気がしない。しかし、子ども時代の話は違う。父は大正三年生まれ、生粋の大正っ子だった。子ども時代の思い出には、大人も子どもも一体になって暮らしていた大正時代の小さな町の共同体の匂いが漂っていて、現代の子どもとの落差に私はうなってしまう。

父はお天気やだった。機嫌の悪いときにはむっつりした父の周囲に暗雲がたちこめ、私たち子どもはなるべく近寄らないようにした。会社帰りの父のご機嫌の良し悪しに母はいちいち動揺した。中学、高校時代の私は、夕食時の食卓の雲行きの悪さに何度腹立たしい思いをしたか。しかし、打って変わって機嫌の良いときの父の陽気さは底抜けだった。しゃべりまくり、冗談を飛ばし、よく笑い、人も笑わせ、にぎやかだった。そんなとき一再ならず子ども時代の思い出話が始まったのである。私たちは身を乗り出して聞いた。

父は体育会系で、かけっこも泳ぎも竹馬も町内一にうまかったらしい。町内というのは宮の町という私たちの家がある小さな区域で、五十世帯もあっただろうか。この町内で子どもたちの遊びの世界は余すところなく展開された。

泳ぎ——大正時代にプールはない。川がプールだった。宮の町は船川という川の川筋にそった通りで、川の側にある家は家の裏に川に出る階段と、流れにさしかけられた「懸け出し」があった。ここで野菜を洗ったり洗濯をしたりしたのである。我が家にも立派な石の階段とコンクリートの懸け出しがあった。そこがスタート。子どもたちはふんどしいっちょで一斉に川に飛び込む。

川はきれいだった。父の話によると、子守のおみつ婆やがいつも言っていたという。「川はきれいなもんですが。水神さんがおらいて、流れとーうちに水をきれいにしてございますけんねえ」と。

みんな川上から川下へ、七、八十メートル泳ぐ。すると大橋という橋のたもとにある町内共用の大きなコンクリートの懸け出しにつく。そこで子どもたちは水からあがって、プルンと顔をひとなで。そこから裸で表の道を川の流れとは逆方向に駆け出す。もう一度我が家の表口に着く。勝手口からふんどしいっちょの子どもたちが座敷のわきに続く細長い土間をみんなでとっとと走りぬけ、再びもとの懸け出しに出る。そこでまたジャポーンと飛び込むのである。川を泳ぎ、道路を裸で走りぬけ、ぐるぐるまわって泳ぎは続いたという。私は自分の家の構造も川も懸け出しも手に取るように知っているから、水をたらしながら裸で石ころ道を走っていく真っ黒に日焼けした大正の男の子たちの群れを想像すると、思わずにたっと笑いたくなる。

父は竹馬にものめり込んで、いやが上にも高い竹馬を乗り回し、二階の格子窓から部屋を覗き込んだという。その話になると、どうだ、といわんばかりにいつも得意そうだった。

かけっこはお宮だ。神社の社殿の周囲ひとまわりをコースにして、リレーをして遊んだと父は言う。その話を聞いたとたん「あっ私たちもおんなじ」と思わず叫んでしまった。戦後っ子のわれわれも同じコースでリレー遊びをしたのである。父と次世代の私たち、同じ場所で同じ遊びをしてきたわけだ。父はその話を聞いてうれしそうだった。

「バトン・タッチはどこでやったかね？　正面の拝殿の前か、拝殿と本殿をつなぐ階段のわき、ちょっとひっこんだところかね」

体育会系でなかった私の記憶はあいまい。「どっちもあったやな気がする」と気のない返事をしてしまった。

この話を都会育ちの友人にしたら「父親と同じ場所で同じ遊びをしたなんて私たちには考えられない。すごいことですね」と、びっくりしていた。考えてみれば、こんな現象も高度成長以前の小さな共同体が江戸から明治、大正、昭和と維持されてきて初めて成り立つことなのかもしれない。かつてはかけっこだけでなくさまざまな遊びが世代から世代へ子どもたちの手で伝えられてきた。今、子どもたちの自立的な集団が存在しなくなり、石蹴りや陣とりこなどの伝統的な遊びも途絶えてしまった。宮の町の神社は森閑として子どもたちの影もない。八十歳を過ぎたころ、父は「なんで、子どもがお宮で遊ばんかいのう」とさびしそうに言っていた。

大正の子どものいたずらの話もなかなかストレートで楽しい。

父たちは小学校へ行く途中、大橋の上から、川に石を投げて遊んだらしい。当時、アヒルを飼う人がいて、川に二、三羽のアヒルが泳いでいた。石をアヒルにあてるのが遊びの眼目だったが、そう簡単にあたるわけがない。毎日やっていても、あたったことがなかった。ところが、ある日のこと、父がなんの気なしに投げた石がアヒルの頭に命中。急所にあたったらしく、コテンと水の上に倒れ込んでしまった。びっくりした子どもたちはもちろん、走って、逃げた。そしかし飼い主がアヒルの死に気づき、かんかんに怒って学校に怒鳴り込んできたのである。その日の朝礼のとき、校長に「川に石を投げた子は出てきなさい」といわれ、すごすごと前に出た父、他数名はそうとうお目玉を食ったらしい。父はそんな話も楽しくて仕方がない、という顔でしてくれた。

父はたいてい晩酌をしながらこんな話をしてくれたのだが、ご機嫌がいいとしまいには町内のおっさんたちの数え歌が登場した。ここまでの遊びの話には大正という時代はそれほど感じられない。一昔前の元気な子どもたちののどかな遊びの風景といってもいい。しかし、町内のおっさんたちを歌い込んだ数え歌は大正という時代の大人たちの暮らしの片鱗を伝えている。狭い町内に軒を並べた小さな商店、店を切り盛りするおっさんたちが見えてくるようだ。テレビもラジオもなかった大正時代の子どもたちはそんな大人たちを好奇心いっぱいで見ていたのだろう。父が歌うそのリズムに、往来を歩きながら、横目でおっさんたちを見つつ、声高に歌って歩く悪童どもの心意気が感じられ、胸がすくようだ。この歌、登場人物はすべて実在の人だったらしいが、今から九十年も前に誰とも判らぬ子どもたちが作ったもの、時効ということでそのままの名前を載せたい。またこの町内のおっさんたちの名前の連鎖にこの歌の味わいのほとんどが尽くされているから、そこをはずしたら歌を紹介する意味がないのだ。

いちは　いいつかやの　ぼておっつあん（でぶおっつあん）
にいは　にしおや　ただごろうさん

さんは　さかなや　かねじろうさん
しいは　しるこや　たまよっさん
いつつ　いばった　かまっさん
むっつ　むろやの　せんじろさん
ななつ　なまけた　よしもとぶんた
やっつ　やおやの　せんじろさん
ここのつ　こおやの　ぎのすけさん
とおは　とうふやの　ごんいっつあん

一の飯塚やと二の西尾やは苗字がよみ込まれているが、商いの内容ははっきりしない。西尾やは菜種油などを取り扱っている家だったような気がする。子どもには菜種油の仕入れなどイメージがつかみにくいのだろう。むろやはしょうゆやミソを作るときの必需品のこうじを作っている店だ。こおやは紺屋、そめものやである。

父は子どもになって歌ってくれた。「いつつ　いばった　かまっさん」と「ななつ　なまけた　よしもと　ぶんた」のところは手に負えない大正の子どもの大人を揶揄するいたずら気分に満ち満ちていて、声が一段と高くなったりした。かまっさんはいったいどんな人物だったのだろう。商売も分からない。かまっさんの本当の名前はなんといったのだろう。「かます」から人の名前らしいニュアンスは引き出せない。なにかのあだ名だったのかもしれない。いつもそこらをうろうろするいたずらな餓鬼どもを怒鳴りつけるおじさんだったかもしれない。「ななつ　なまけた　よしもとぶんた」は「さん」「さん」で続く歌のリズムを断ち切り、「た」で終わるくっきりした音で全体の調子を引き締めている。「なまけた」の「た」と「ぶんた」の「た」が力強く韻を踏んでいる。子どもたちの歌声はここで調子が上がること請け合いだ。なまけた吉本文太さんはいったいどんな大人だったのだろうか。今でいううつ病かなにかで家に閉じこもって労働に従事できない人だったのかもしれない。それをなまけたと形容する町内の大人衆の目が子どもの歌に反映している。とうふやのごんいっつあんだけは私にも記憶がある。私の子どものころ、相当な高齢で頭がつるつるにはげたおじいさんだった。

この歌には「ただごろうさん」「かねじろうさん」とファースト・ネームで呼び合う町内の商店主たちの、互いに肩を叩き合って付き合っていただろう下町風の民主主義が感じられ、この町内から落語や人情話が生まれても不思議ではない雰囲気が漂う。この時代の近所づきあいはときには皮肉な目が働くにしても、地域全体が核家族化した現代からは想像もつかない人間同士の親しさ、近さが感じられる。

子どもたちが近所の大人を歌い込む歌はこれだけではない。ひとつの遊びをおしまいにするとき、こんな歌があった。

かとやの　わかさん　ハイカラで
で、で、でぼうって（たんこぶが出るほど頭をうって）
て、て、てんのくも
も、も、もう　やめた

夕方、遊びを終えて、たがいに散っていくとき、こんな歌を高唱しながら家路についたのである。かとやは加藤さんで、私も知っている。若さんがどんな人だったかは知る由もないが、なかなか上品なイケメンの家系である。

さらに子どもたちは町内の酒豪をからかう歌も作っている。

のまやの　むらはん
よからの　やっさん
もっとのまやの　しんきっつあん

「飲もうか」と、むらはんが誘う。「よかろう」とやっさんが応じる。それに加わったしんきっつあんが「もっと飲もうや」とさらに酒をすすめるわけである。父はこの歌に出てくる人物をよく知っていたらしく、「むらはん」はほんとうは「むらじろはん」であること、やっさんとしんきっつあんの家の屋号はこれこれと教えてくれた。これらの家は今でも続いているからここで紹介するのは遠慮する。それにしても子どもたちのリアリズムは残酷なほどストレートで、しかも歌になったときの詩としての韻の踏み方、調子の良さは抜群である。子どもたちは天才、といいたくなる。

最近、鶴見俊輔の『限界芸術論』(ちくま学芸文庫)を久しぶりに再読し、美術館で見る絵やコンサートホールで聴くクラシック音楽などの純粋芸術でもない、メディアが大衆に迎合して作る通俗的な大衆芸術でもない、限界芸術という芸術枠の豊かさと広さに感じ入ってしまった。限界芸術は、凡俗を越えた専門家が作る純粋芸術やマスコミが大衆を相手に一方的に作り、垂れ流してくる大衆芸術などよりはるかに広大な領域を占めている。つまり大衆の日常と暮らしがその原動力といってもいい。暮らしという無限の生命力がうずまく大きな底辺で生きている無名の大衆が、楽しみと余裕をもって作り出した際限のない多様性をもつ有形無形の作品群なのである。彼の整理によると、早口言葉、替え歌、鼻歌、アダナなども限界芸術の範疇に入る。だとしたら、父が歌ってくれた町内のおっさんたちの数え歌などは立派な限界芸術といえよう。

とくに子どもの作品は大人にはまねのできない赤裸々なリアリズムがあってスリル満点、口にのせるとやたらと楽しいリズムと抑揚があり、体全体を弾ませる詩の作用をしっかりもっているのである。だからこそこの歌は父の体の奥に刻まれ、八十歳を越えてもよどみなく歌ってくれたのだ。

麗子叔母の一生

父の妹、麗子叔母のことを思うと、一人の女性の誇り高く、意志的な人生の物語が走馬灯のようにかけめぐる。叔母は一九一七年生まれ、なくなったときは九十歳だった。六十代半ばで田舎の財産をすべて整理し、ひとり東京に出てマンション暮らしを始め、私は一ヵ月に一回叔母を訪ね、叔母に生け花を習うことにした。しかし、お花の練習はそこそこにふたりは毎回、故郷の出雲弁で時間を忘れて話し込んだ。叔母は女学校時代のことから若いころの数奇な体験を私に腹蔵なく、楽しそうに打ち明けてくれた。

この叔母は抜けるように色の白い、鼻筋の通った文句のつけようのない美人だった。自分でも十分意識していておかしな話をしてくれた。戦争末期、東京の両国駅のホームに立っていると、見知らぬ人が近寄ってこう言ったという。「あのう、高峰三枝子さんですよね」。当時、高峰三枝子といえば品のいい人気の美人女優だった。「いいえ、違いますけど」というと、「違う

んですか」と驚いたようにその人はいい、叔母の顔を穴が空くほど見つめ、首をかしげて立ち去ったという。その話のあとで叔母はにこりともしないで言う。「高峰三枝子に間違えられたのは私の最大のホ・コ・リ」。私は内心、叔母の気負いがおかしくてくすりと笑いたくなったが、叔母は大真面目だった。

こんな風だから、七十代、八十代になっても、輝くような銀髪の前髪をいつもかっこよくカールさせて薄化粧をし、死ぬまで美しかった。

この叔母は気性も激しく、強く、ちょっと居丈高で貴族的な雰囲気を漂わせていた。自分の好みをはっきり打ち出し、他人に妥協するということがなかった。あるときいとこが訪ねてきて手土産にマンゴーをもってきた。すると、叔母はぴしゃりといった。「私は南の国の果物は嫌い。食べないからもって帰りなさい」。いとこはギョッとしていたが、私は叔母のこんな態度には慣れていたから、いとこの肩をたたいて笑ってしまった。

ある日、私と叔母は駅ビルで買い物をしていた。和菓子屋の前を通ったら、叔母が声もひそめず堂々という。「ここで買うのはやめなさいよ。こないだ買ったらまずかったけんねえ」。私は思わず、周りを見て叔母のひじをつついてしまった。

叔母はそうとう自己中心的ではあるが、悪気はなく、人よりずっと率直なだけだった。基本的には気前がよく、おいしいものが手に入ると、必ず分けてくれた。

彼女は美人で気が強いだけではなく、好奇心いっぱいで知的であった。女学校時代、勉強好きで、成績優秀だったらしい。卒業後、「兄さんたちばかりでなく、私も大学に入りたい」と祖父に頼み込んだ。しかし祖父は「女が学問なんかするもんでない」と頑として受け付けなかったという。「いくら頼んでもだめだった」と、私に話しながら、叔母は昨日のことのように悔しがっていた。結局、自分で通信教育で勉強をしたという。

一九四〇年、彼女は二十三歳で結婚する。もちろん見合い結婚で、親同士の交渉で早々に決まったらしい。「恋愛なんかご法度の時代だったけん」という彼女は時代の空気に逆らわず親の言うことに従ったらしい。ところが、ここで驚くのが祖父の心の動揺である。祖父は娘の気丈な性格を見抜いていて、自分がすすめた結婚がうまくいくかどうか、どこかで心配になったらしい。相手は満州に派遣されている軍人だったのだが、なんとなくふたりの気性が合わないのではないかと薄々予感していたのかもしれない。結婚前夜に祖父は娘にこんなことを言った。

「柿はなあ、もいで食べてみんことには甘いか、渋いか分からんで。もし渋かったら帰ってこいや」

当時の親としては考えられないような言葉だと思う。祖父は気性の激しい娘を深く愛していたのである。

柿はみごとに渋かった。相手は叔母を無知で可愛い女のように扱いたかったらしい。叔母はこんなふうに話してくれた。

「私が本や新聞を読むのも嫌ったし、私が政治や時事問題について話そうとすると、妙なコンプレックスをもっていてなんともいえん、いやな抵抗感をおしつけてきたけんね」

こんなことばかりではなく、日常の関わり合いで心が通ずるという思いがしたことがなく、相手に対する全体的な嫌悪感が日増しに増幅していったという。半年もたたぬうちに叔母は祖父に手紙を書いた。祖父は二言なく、すぐに満州まで迎えに来てくれたという。

しかし、故郷に帰れば彼女はいわゆる「出もどり」であった。当時の世間の目は冷たかった。彼女は偏見を逃れ、戦火の激しくならんとする東京に出て、文化服装学院で洋裁の勉強をすることになる。高峰三枝子に間違えられたのはこの時期である。

一九四六年、彼女は再婚する。相手は町の人が浦《うら》と称する小さな漁村の医者だった。その前年、枕崎台風がこの地を襲い、医師の妻と看護婦が土砂崩れでなくなったのである。あとには四人の男の子が残された。いちばん幼い子は三歳だった。彼女は四人の男の子の新しい母となり、翌年には自分の子ももうけ、結局五人の男の子と格闘する毎日を引き受けたのである。夫は十五歳も年上だったのだが、誰が見ても豪放磊落な好人物だった。

さあ、これから十数年、叔母は子育てと家事と病院の事務と看護婦さんたちへの気遣いとで目のまわるような忙しさだったらしい。そんな日常に追い立てられながらも叔母は美しいものへの憧憬を忘れなかった。天気の良い秋の日など、今日こそ海に落ちる夕陽がきれい、と思うと、矢も盾もたまらず、夕方、台所を抜け出て、海岸まで走り、ほんの十分ほどだったけれど、われを忘れて日本海の落日に見とれたという。海辺にたった一人立って、夕陽が落ちるのをじっと見つめるエプロン姿の叔母を想像すると、なにやら胸に迫ってくるものがある。

人生のエネルギーを注ぎきったこの年月、叔母はあまりいやな思い出がないらしい。医者の家だから経済的には豊かだったし、患者さんの漁師たちがいつもとれたての魚を届けてくれたから家族は鮮度抜群のおいしい魚を食べることができた。「東京の魚はまずくてね」という叔母は、波の音が聞こえ、海の匂いのする、かつてのにぎやかだった自分の家をこよなく懐かしがっていた。

やがて息子たちはつぎつぎと成長し、京阪神や東京の大学へと故郷を離れていった。そのころ叔母は五十四歳でパーキンソン病の発病を自覚する。手足の不随意運動の出る病気で、これから死ぬまで彼女はこの病気と闘わなければならなくなった。

一九八〇年、夫が亡くなり、彼女は大きな蟬の抜け殻のような家にたった一人残された。息子は四人も医者になっていたが、この漁村の小さな医院を継ぐ意志のある息子は一人もいない。

「医者さんの奥さんでは田舎では敬して遠ざけるというふうで対等な付き合いをしてくれる人はほとんどないけんねえ。ハイ・ソサエティの付き合いは虚栄心が先立って、本当の友だちはできんのよ。私は残りの人生を充実させたかったから、こんなところでひとりの生活はできんと思ったもんね。とにかく対等な友だちがほしかったし、長いあいだ忘れていた勉強をしたかった」と、彼女は言う。一九八三年、彼女は医院を売り払い、財産をすべて整理して上京し、東京の保谷でひとり、マンション暮らしを始める。六十六歳だった。

一人暮らしを始めた叔母への心遣いもあって、私は一ヵ月に一度、お花を習いに叔母を訪ねることにした。叔母は話し相手がいない日常の中で私が来るのを首を長くして待っていてくれた。お花の稽古が終わると、叔母の語りが滔々と始まった。それが目を見張るように面白かったのである。叔母は今までここに書いてきたような来し方を私に心置きなく話してくれた。祖父のことにしろ、育った家のことにしろ、私と叔母は共通のふるさとをもっていた。久しぶりの出雲弁丸出しの会話は私の心も温かく開いてくれた。

叔母は上京してから古代史の勉強を始めた。「私らが習った皇国史観なんてウソで固めたような歴史だったけんねえ。本当のとこが知りたいじゃないい」。彼女は新宿まで通ってカルチャー・センターで学び始めた。熱心な生徒で休むことがなかった。卑弥呼の墓かもしれない箸墓古墳のこと、その発見されたいきさつ、さまざまな鏡のこと、今の皇室の祖を築いたと思われる継体天皇のこと、荒神谷で発見された銅剣のことなど、勉強したばかりのことをまるで歴史好きの高校生のようにいきいきと語ってくれた。乏しい知識でそれに対応する私はたじたじとなった。彼女は古墳をたずねて歩く旅行にも積極的に参加していた。もちろんそこでたくさんの友人ができ、楽しそうだった。「東京に出てきてほんと、正解だった」と叔母はしみじみ言っていた。

六十代から七十代の初めごろまではパーキンソン病は彼女の行動を妨げるほどではなかった。しかし徐々に病は進行し、あるとき彼女は駅で転倒した。このことを機に彼女はしだいに外歩きの自信を失い始めた。足が思うように前に進まないのである。やがてカルチャー・センター通いもできなくなった。出席できなくなった彼女のために古代史の仲間は彼女に授業の録音テープを送ってくれた。彼女は家でそれを聞いて勉強を続けた。しかし、仲間との語らいもなく、ひとりで二時間ものテープを聴き続けるのは容易なことではない。さすがに彼女の根気にも限界があり、古代史からはしだいに遠のいていった。しかし彼女は文学好きでもあった。中勘助、白秋、漱石、蕪村などに惚れ込んでいて、私と叔母の会話は文学談義で盛り上がった。CDカセットを買ってクラシックを聴き始めたのもこのころだった。

その間もパーキンソン病ははっきりと彼女を蝕んでいった。部屋の中でも足元がふらつき、彼女はいすをまるで飛び石のように点々と自分の行動範囲に置き、それにつかまって移動するようになっていた。歩くときには「うぐいすの谷渡りー」と笑いながら唱えていた。

そんな状態でも彼女は自分で食べるものは自分で作っていた。「食べることで人間の暮らしは支えられるけんね」といつも言っていた。買い物もカートを押して、ゆっくりと近くのスーパーまで歩いていた。味にうるさい彼女は料理もとびきり上手だったのである。

ある日叔母はこんな話をしてくれた。

「私、このあいだてんぷらが食べたくなってねえ。揚げ物はあぶないと百も承知だったけど、食べたいものは食べたいし……。どげするか、作るか、やめるか、さんざん迷ってねえ。一時間ほどベッドに横になって、考えたわね。だども、とうとう覚悟を決めて、決死で立ち上がって揚げ物の用意をしたの。無事にできてねえ。そのおいしかったこと」

命がけであげたてんぷらを叔母はどんな思いで食べたのか、病をかかえながら、自分の思いを遂げようとする暮らしへの情念の強さに、私はほとほと感心してしまった。

「外へ出られなくても、人間、することがないといけんよ」という彼女は八十になってミシンを出してきた。ミシン屋さんにきてもらって機械の調子を見てもらうと、ミシン屋さんは「八十になって、ミシンを片付けるという人はいるけど、八十になって出してくる人はいないねえ」とあきれていたらしい。彼女は仏壇のカーテンを作ったり、通販で買った服のリフォームを始めたりした。袖を短くしたり、ポケットをつけたり、着やすいように直しては私に得意そうに見せてくれた。

古代史から退却した彼女はつぎつぎと自分の暮らしの張り合いになるものを見出し、彼女なりの生の充実感を求めてくじけることがなかった。病と闘いながら、政治を語り、歴史を語り、おいしいものを食べさせてくれた叔母に私はいつも励まされていた。

二〇〇三年、心臓の不調で入院、その後骨折などで入退院を繰り返すようになったが、このころは末の息子が母の介護のために同居。至らぬところのないその介護ぶりに私は心底、ほっとした。二〇〇八年秋、逝去。叔母には会えなくなったのだが、叔母の意志的な一生は私の脳裏でくっきり屹立している。とくにその晩年の一人暮らしの闘病生活は凄みがあった。叔母のように生きられるだろうか、というのが六十をとっくに過ぎ、今、持病に悩まされている私には大きな課題である。

子ども時代

河豚と核家族

食の話1

子どものころの食の思い出、料理の話について書こう。

実はこの話題を取り上げるきっかけになったのは私の夫、長谷川宏のエッセイ『ちいさな哲学』（春風社）を読んだせいである。彼と私はなんの因縁か、同じ町、出雲市平田町に生まれ育った。互いの家は近く、歩いてものの五、六分の距離。しかし、子どものころの行動半径は小さい。それに四歳年上の男なのだから、高校生になるまでなんの交渉もなく、そんな人の存在すら知らなかった。が、さしあたりそのこととは関係なく、食の話をしなければならない。彼の家庭と私の家庭は季節季節に、同じ土地、同じ海からあがる同じような食材を使っていたはずだ。冷凍ものやら野菜やらが広域に搬送される時代ではなかったのだから、選択の幅は限られていたのである。

問題は「河豚《ふぐ》」だ。

いまは簡単に口にできない河豚もよく食べた。その時期、近海でたくさん獲れたのであろう、薄く切って刺身で食べるようなことはなく、白身のかたまりが味噌汁の具として三つ四つ入っているのを、珍味だなどとはまったく思わずに食べた。

と、彼は書いている。「河豚」だと？　と私は思った。自慢ではないが、私の幼年期からの生活の記憶は人後におちない、と思っている。それなのに、河豚なんて食べた記憶はいっさいない。これはどういうことだろう。私はこの疑問を黙ってかかえておけなくなった。そこで、故郷で九十余の齢を重ねている母にたずねてみることにしたのである。電話口で母は笑ってこんな話をしてくれた。

「『河豚』はあったのよ。最初は配給だったと思う。味噌汁の具にして、初めて使った夜ねえ、食べてしまってから、お父ちゃんが私の顔を見て言うの。

『こーは、誰がしごしたかや？（こしらえたか）』

『私が……』

『おまえがしたかや。だいじょうぶかや……』

『最初から腹はとってあったけん、だいじょうぶだとおもうけど……』

『だども、そのあとは全部おまえかや……骨もついちょうが』

『うん』

私も若かったし、無知だったけん、そげいわれると自信がなくなってねえ。そーから三時間、私とお父ちゃん、顔を見合わせて、ずーっと、ずーっと、黙っとった。もう食べてしまったもんだけん、どげしゃあもないが……そーから、魚屋に河豚が出とっても手を出さんようにしとったけん、あんたたちの口にも河豚は入らんだったわねえ」


私は電話口で声を立てて笑ってしまった。芭蕉ではないが、「あら何ともなや　きのふは過ぎて　ふくと汁」を若い夫婦が地で行ったのである。

そのころ、次男であった私の父はいわゆる分家をしていて、本家の広い屋敷とはほど遠い、川べりのちっぽけな家に親子四人、核家族をなして住んでいた。それに母は関東育ちで、河豚を日常的に食べる西国の風習には慣れていなかった。祖父や祖母がいっしょにいる大家族だったらこんな不安に襲われることはなかっただろう。他方、夫の長谷川家は夫婦とも山陰育ち、ふくと汁は冬の季語にもなっているくらいだから、寒くなったら河豚の味噌汁、という季節感を共有していたのに違いない。そして、河豚がどんな状態で売られているのかもよく知っていて、当たり前のように食べていたのだろう。私の両親のこの動揺は、伝統や風習と切り離された若い核家族夫婦の暮らしの不安の先駆けのような気がして、戦後の家族史の第一ページを見る思いがする。同じ土地でも家庭の条件が違えば、こんなにも違っていたのである。

次なる品はホットケーキ。

夫は高校二年生のとき、東京のデパートの食堂で初めてお目にかかったらしい。

ふっくらとした焦茶色の厚い円盤が白い皿に乗って出てきた。言われるままに、円盤のまん中にバターの小片を乗せ、その上にうす黄色のシロップをかけてナイフとフォークで食べる。と、ケーキに浸みこんだシロップの上品な甘さに不意を打たれた。

と、ある。私がホットケーキに初めてお目にかかったのは、山陰の都会である松江市の、その名も洒落た「パーラー」というところだった。忘れもしない、友だちとふたりで松江に映画を見に行った帰りに寄ったのである。平田は田舎町だったから、洋画はなかなか映画館にかからなかった。そのうえ、映画を子どもだけで勝手に見に行くことは学校で禁止されていたのである。私たちは親にせがんで小遣いを出してもらい、電車に乗って松江まで出て、『ローマの休日』だの『エデンの東』だの『足長おじさん』だのを、洋画専門の映画館「銀映」に見に行った。そのとき見たのがなんの映画だったのかは覚えていない。小腹がすいて、友だちが「パーラーに入ろう」と誘ってくれた。私はそんなところに入ったことがなかったので胸がドキドキしたのだが、平気をよそおって「うん、いいよ」と承知した。しかし、胸のドキドキは、ほんとうは財布の中身のドキドキのほうが大きかったのである。私の家の家計は当時、逼迫していたから、母に遠慮してぎりぎりのお金しかもらってこなかった。メニューなるものがテーブルに運ばれる。そこには品物の名前と値段が書いてある。ホットケーキ。聞いたことはあるが、どんなものか分からない。しかし、値段が高いような気がする。もっと安いものはないか。するとプリン、という品があってホットケーキより安い。そこで私はプリンなるものを頼むことにした。友だちはホットケーキだ。運ばれてきたホットケーキは、先の夫の文章そのままの豪勢なおもむきのケーキであった。さて、プリンは……小さなガラスの器に富士山をつぶしたような形の黄色いぷりぷりしたものがのっている。頂上には焦げちゃ色の釉薬が流れている。形も大きさもホットケーキより貧弱だ。私は自分の財布を恨めしく思いながら、おそるおそるスプーンで黄色い山を崩して口に入れた。そのときの衝撃！　世の中にこんなおいしいものがあったとは、知らなかった。私は頭の芯がしびれるような陶酔感に襲われた。空き腹の友だちはホットケーキをうまそうにパクパク食べていた。ふたりはこのものめずらしい食べ物について一言も触れないでただただ食べた。

思い出はそこまで。私はホットケーキに会ったけれど、見ただけだったのだ。そのかわり、プリンという未知のお菓子に遭遇し、脳天がしびれた。そのしびれは今でもかすかに体内に残っている。帰りの電車の駅で財布の中を確かめ、ぎりぎりホットケーキが食べられたことに気づいたのだが、後悔はなかった。それから半年後、再びその友だちと松江に映画を見に行ったときに私はホットケーキにチャレンジした。これまた、おいしかったことは言うまでもない。しかし、プリンのおいしさは格が違うと、あらためて思ったのである。いずれにせよ、ホットケーキもプリンも家では食べられなかったから、一年に一回か二回の超豪華な大盤振る舞いであった。

さて、次は中華料理、餃子の話。彼は『ちいさな哲学』の中でこう書いている。

ラーメンとか餃子とか焼売といった中華料理は、田舎町では食べる習慣がなかった。然り。されど、我が家では母が料理本を見て、自分では見たことも食べたこともない、餃子なるものを作ってくれたのである。父は戦争中、中国に行って、かの地の食べ物に舌鼓を打った経験があるらしい。辛いこと、思い出したくないこともたくさんあっただろうけれど、そんな話には触れたくなかったのだと思う。ただ、食の話はよくしてくれた。ピータンという、土と籾殻に埋めてつくるアヒルの卵の不思議なつけもののようなもの。「クーローヨー」という日本でいう酢豚がうまかったこと。小麦粉で作った皮で中に肉や野菜の具をつつんだ餃子というとびきりおいしいご馳走などなどについて。父は母に「うちで餃子ができんかなあ」と、いつも言っていたらしい。母は料理本でその作り方を見つけ、父の希望を実現すべく、さっそく挑戦したのである。私たち子どもにも餃子の皮をつくるプロセスは面白く、ときには手を出したような気がする。母が小麦粉をこねて、つき餅のようになったものをちぎっては小さな円形に伸していった。反物の芯になっていた紙の棒を麺棒の代わりに使っていた。母の作った皮は全体にぼってりと厚かった。だから我が家の餃子はお餅のような歯ごたえのある、どっしりした餃子だった。外見はまるですいとんのよう。しかし、本来の姿を見たことがないのだから、私たちはなんの疑問も感ずることなく、できあがったものをありがたくいただいた。そして、そのおいしさに目をむいたのである。父が文句を言った覚えはない。さぞかし、うれしかったことであろう。

さて時間は先へ飛ぶ。高校生になってから、私は長谷川家に出入りするようになった。宏に苦手な数学をならいに行っていたのだ。それから何年もたち、私が大学生のころ、長谷川の母が病気で入院した。そうなると、父親と息子四人、男ばかりの所帯だったから、私は晩御飯を作りに長谷川家に通ったのである。そんなある日、長谷川のおじさん（私にとってはまだ長谷川の義父はおじさんだった）がおおきなポスターを出してきて、これに色を塗ってくれ、と私に頼んだ。長谷川家は稼業が薬局だったから、それはキョーレオなんとかという、滋養強壮のサプリメントの宣伝のポスターだった。まんなかにでっかいニンニクの絵がモノクロで印刷され、そのわきに「ニンニクを見直そう」と大書されている。私はクレヨンでそれに色をつけ始めた。なかなか楽しい作業だった。おじさんもできばえに満足してくれて、そのポスターは店頭にでっかく貼られた。

さて、毎晩私は献立を考えねばならなかった。ある日、母に作り方をきいて餃子をつくろうと思い立ったのである。「ニンニクを見直そう」というおじさんの主旨にもあうぞ、と張り切って私は中に入れる具の材料を包丁で刻み始めた。先ずニンニクのみじん切りである。すると台所の隣の部屋からおじさんの大声が聞こえてきた。

「わあーっ、くさや、くさや、こらえてごせや」

私はおそるおそる顔を出していった。

「ニンニク、だめですか？」

「ああ、わしゃ、大嫌いだが。ニンニクの入ったもんやなんか食べられたもんじゃない」

私は驚き、おそれいった。それから先どうしたのだろうか。ニンニク抜きの具を入れて餃子を作ったのだろうか、記憶が曖昧である。いや、おじさんのショックがこちらに応えて、結局、作らなかったような気がする。私はまな板を洗剤でごしごし洗って、ニンニクの匂いを落としたことだけを覚えている。

エビおっつあん

食の話2

昭和二十年代から三十年代前半の、島根県出雲地方の食の豊かさを、子ども時代の思い出からふりかえってみたい。

その時代、日本は敗戦直後、貧乏のどん底であった。都会では栄養失調で命を落とす子どもたくさんいた。若者たちはいつも飢えていた。母の話によると、やはり終戦直後は配給だったから、米は少なく、こうりゃんなどが入っていたりしたそうだ。大根飯や芋粥もよくした、というのだが、私はなにも覚えていない。十歳に届かぬ小さな女の子の食欲は小さかったのだろう。すきっ腹の記憶はまったくないのである。

まず、思い出すのは〈エビおっつあん〉。運搬車といわれる大型のがっちりした自転車の荷台に籠を積んで、エビおっつあんはやってくる。籠の中には川エビがいっぱいだ。ぴょんぴょん、にょごにょご、生きている。町の通りに来ると、エビおっつあんは自転車をおりてひきな

がら、だみ声で呼ばわった。

「エビーッ、エビッ」「エビーッ、エビッ、おおきゃんエビ（大きなエビ）、こまーいエビ（小さいエビ）」

赤ら顔で、体形は今でいうメタボ型。その腹を覆う薄汚れたセーターのようなものにはエビの生臭い匂いがしみついていた。小さい私にはそこがちょうど目の高さ、鼻の高さだったからその感じをよく覚えているのかもしれない。しかし、このおじさんはアル中で、体全体からは酒や焼酎の匂いがいつもぷんぷんしていた。母は思い出して言う。

「安かったのよ。百匁《め》、四十円だったのよ」

エビおっつあんは台所の土間まで籠をかかえて入ってくる。母は大きな鍋いっぱいのエビを買う。エビは体長三センチか、四センチくらい。それに長いひげと足がついている。もちろん頭つき、足つき、殻つきで調理される。醤油と少量の砂糖で煮た、と母は言う。真っ赤に変身したエビが、足やひげをあちこちにはびこらせ、どんぶりに溢れそうににぎやかに炊き上がる。私たちはそれをワイルドに食べた。殻だろうと、頭だろうと、足だろうとバリバリバリ、歯のあいだに挟まろうとなにしようとバリバリバリ。おいしかった。カルシウム十分の高栄養食品であったことだろう。

この食べ方が癖になっていて、大人になってから都会に出ても、天丼にのっているエビのてんぷらの尻尾をがりがりと食べそうになって、あわてて箸をとめたことも一再ならずあった。幼いころの食習慣は体の奥に染み付いていて、あな恐ろし、である。

アマサギというワカサギの小型のものが宍道湖で豊富に採れた。なぜか、今はほとんど採れないらしい。これも母は小鍋いっぱいに買ってきて、砂糖醤油につけ、七輪に網を置いて、一匹、一匹、箸でひっくりかえしながら焼いてくれた。じゅうじゅうと炭火の上においしいタレが落ち、台所はアマサギの甘い匂いが充満し、私たち子どものすきっ腹はグウグウ鳴った。先日、電話で「あれ、魚屋さんで売ってたの?」ときいたところ、「いんや、横丁の路地の奥にアマサギだけを売るおっつあんの家があって、そこで買ったのよ」という答え。さらにまた「安かったけんねえ」の一言がついていた。

ならば、そのおっつあんはエビおっつあん同様、アマサギだけを売り歩いていたのかもしれない。当時の地産地消のシステムは商店での流通とは違った個人的な経路がいくつもあったようだ。つまり、行商である。

生姜だけを売るおじさんもやってきた。私には「ショウガーッ、ショウガーッ」と呼ばわりながら自転車でやってくるおじさんの記憶があるのだが、母にたずねても、いとこにきいても、そんな声は聞いたことがないと言う。やはり戸別訪問の売り方だったのではないかと言う。しかし、私の記憶だと、当時たまたまうちに来ていた母方の千葉の祖母が、それを見て「生姜だけを売るなんて」と、笑った覚えがあるのだ。しかし幼少の記憶は周囲の人に否定されればまったく自信がなくなる。ちょっとがっかりしたけれど、いとこがインターネットで調べてくれて、生姜についてはいろいろ分かった。生姜だけを売りに来るには訳があったのだ。

島根県斐川町に出西《しゅっさい》という土地があり、そこでしかできない種類の生姜を出西生姜という。親指が寄り集まったような形で、繊維が少なく、辛味は強く、上品な香りがするという。種芋をほかの土地に移しても同じような生姜はどうしてもできないそうだ。まさに出西だけの出西生姜である。

出西だけ、という神秘的な現象が伝説を生んだらしく、出西生姜の起源は風土記に出ている、という。九州からご神体が流れてきて、これを八幡宮として祀ったところ、境内にこの生姜がたくさん生い出でた、という言い伝えである。私はいたく興味をそそられ、久しぶりで出雲風土記をひもといた。目を皿のようにして、生姜についての記述を捜したのだが、ない。どこにもない。考えてみれば、八幡信仰は平安時代以降、とくに武士たちによって広められた。風土記の時代に八幡宮はまだなかったのではないだろうか、と、素人ながら、推察をしている。インターネットにはこの種のいい加減さがあるから、頭から信用してはならんなあ、と自戒した。しかし、伝説を生み出したかった、出西の人々の敬虔の念には偽りはなかったと思う。特別に美味なる生姜の存在をありがたく思う気持ちには、自然から食を得る人間の感謝の念がこもっていて、風土記に出ていなくても、私には心ひかれる話だった。

出西生姜は昭和二十年代から三十年代初頭まで、松江、米子あたりまで生産者が行商して売り歩いていたのだそうだ。もしかしたら私の耳に残るあの声で、「ショウガーッ、ショウガーッ」と呼ばわる勇敢なおじさんもなかにはいたのかもしれない。しかし、この生姜もほかの土地の安価な生姜が出まわるようになると売れなくなり、一時は生産農家が自家用だけの栽培で、ほんの数軒になったこともあるらしい。十年ほど前から斐川町が生姜の生産に力を入れ始め、大規模に栽培されるようになり、今ではブランド生姜のようになり、全国的に知られるようになっているそうだ。西荻窪に「のらぼう」というおいしい和食レストランがあるが、そこの若いシェフが「出西生姜」の名を知っていてびっくりしたことがあった。

野菜もリヤカーでいろいろ売りにくるおばさんがいた。一軒一軒、台所をのぞいては、「いーませんか」と、声をかけていった。私は子どもだったから、そんな事情は知らなかったけれど母がこんな話をしてくれた。

「あのおばさんはお嫁さんでねえ、売れ残るとお姑さんにしかられるって、野菜が残ると、自分の実家に行って買ってもらってたみたい」

マッチ売りの少女みたいで、なんだか胸が詰まる話だ。

戸別訪問の行商といえば、お茶がさかんな出雲ならではの売り物があった。和菓子である。

朝、学校へ行く前だったと思う。「おはようございます」と、勝手口をあけて、長方形の浅い木の箱を三段くらい重ねて、おじさんが入ってくる。その箱はたしか〈もろふた〉と称するものだった。おじさんが上がりかまちの縁にもろふたをひとつひとつ広げると、なかにできたての和菓子が、季節の色を浮かべてずらりと並んでいた。祖母が上がり端《はな》にどっしり座って、目で選びながら、我が家の菓子箱の中にひとつひとつ箸でつまんで入れていった。

「今日はこーほど」選び終わって祖母がいう。

私は今朝買った和菓子が目に焼きついて、学校から帰ったあとのお茶の時間が、もう、楽しみだった。とくに好きだったのは春の和菓子の串団子。団子といっても焼き鳥の串みたいなのに、みたらしやあんこの団子が盛大に四つもさしてある、関東風の、どでかい団子ではない。直径一センチ五ミリくらいだっただろうか、あんこと草餅のふたつの小さな団子が楊枝の串でかわいくつながっている。あんこを食べると、中に入っている、あるか、なしかの小さな求肥餅のやわらかな抵抗感がおいしかった。草餅の中にはあんこ。ヨモギの香りが鮮やかだった。

売りにくるのは「永久堂」という菓子屋で、小さい地味な店舗を張っていたけれど、和菓子つくりの腕はなかなかだった。が、名前がいけなかったのか、いつのまにかこの店は消え、おじさんもやってこなくなった。

一山越えれば日本海という平田の町は新鮮な海の幸も豊富だった。早朝、漁船であがってきたイカ、アジ、サバなどを背負い籠にいれて、漁師のおかみさんたちが、朝いちばんのバスで峠を越えてやってくる。台所の土間に籠を下ろしたおばさんがいう。

「今日は真イカがあーますが、どげねすかいね」

真イカという呼称は関東ではあまり聞かないけれど、イカが真イカであるかスルメであるかは山陰の人たちにとっては重要な買い物のポイントであった。

『広辞苑』によると、

真烏賊《まいか》——漁獲されるイカで、その地方で重要なもの。多分に市場的な名称で、地方により、コウイカ、シリヤケイカ、スルメイカ、ケンサキイカなどを指す。

とある。出雲の場合、スルメイカでないのは明らかであるが、出雲の真イカの本名はいったいなんなのだろう。とにかくスルメイカより小ぶりで格段にやわらかく、おいしい。そこで私は『日本国語大辞典』でさらに調べてみた。

まずいちばんに、「マイカは〈しりやけいか〉の異名」とある。〈しりやけ〉とは、イカの形状と関係のある命名だろうが、なんとも露骨で品下る名前ではないか。これが山陰地方の真イカの本名だとしたらがっかりだ。そんなはずはない、と妙な郷土愛に後押しされ、私はインターネットでさらに「島根県の海産物」を調べてみた。ああ、よかった。真イカは〈しりやけいか〉ではなかったのだ。島根県の東部で真イカというのはケンサキイカのこと、と出ている。写真も掲載されていたので私は「おお、これこれ」と確認できた。おいしいイカは〝しりやけ〟ではなくケンサキイカ、いや出雲ではあくまで真イカなのだ。大辞典に面白い用例が出ていた。滑稽本『浮世床』の一節。

「真烏賊とスルメイカほど違ふのは、おいら風情の色恋だ」

この真烏賊が島根と同じものとは思えないが、イカに真実の真を美称につけて愛でる気持ちはいずこも同じと思う。おいらが、真イカなのかスルメなのか、はっきりしないのが歯がゆいが、たおやかにして優美な恋と、少々武骨な恋との対比だと思う。もちろん、たおやかで優美なのは真イカである。東京に出て、スルメイカを自分で刺身にし、そのコリコリと固い歯ごたえにびっくりしたことがあった。

新鮮な真イカの色は胴体も足も、ぬめっとした光のある小豆色である。吸盤にさわろうものなら、ぴたっとくっついてなかなか離れなかった。

半ドンの土曜日、朝買った真イカを糸つくりの刺身にし、醤油をかけ、くるくるっと箸でかきまぜて、白いご飯にぶちまけて、つるつると食べる昼食のおいしかったこと。

思い出せば豊かなことであった。今は新鮮な魚介類は境港《さかいみなと》から京阪神に出荷され、土地のスーパーも同じルートで回ってくるので、かつての朝獲れの新鮮さはなかなか味わえない。帰省中たまにやってくる行商のおばさんは、ちょっと小ずるい感じで、商魂たくましく、こちらはいらっとすることもあるのだが、鮮度のいい魚介類の魅力にはかなわず、つい高くても買ってしまう。なにかというと「安かったけんねえ」という母のセリフの背後に、昭和二十年代の地産地消の食生活の色濃い豊かさを思いやってしまう。

じゃぶじゃぶの話

食の話3

子どものころ、おやつのことを「なんぞ」といった。「なんぞ」とは「なにか」で、英語でいえばsomething to eatである。しかし、子どものころは言葉のこんな構造も知らず、「なんぞ」は名詞で、即「おやつ」の意味だった。出雲弁で「なんぞ　ごいて」はもちろん「おやつ、ちょうだい」の意だったのだが、「今日のなんぞはぼた餅、わあーっ、すご〜い」などというへんな言い方にもなった。

さて、昭和二十年代の「なんぞ」は店で買うものは少なかった。まず思い出すのは口がすぼまるほど酸っぱい夏みかんである。家から五十メートルほど離れたところに我が家の畑があって、そこに夏みかんの木が二本あり、春から初夏にかけてたくさんの収穫があった。ぼつぼつと満面ににきびを浮かべたような肌の夏みかんは子どもの手の中でずっしり持ち重りがした。これは皮をむいてじかに食べられない。酸っぱすぎるのである。私たち子どもはみかんの房を

ばらばらにし、袋からひとつひとつ中身だけを取り出し、つぎつぎ、コップに詰め込んでいく。袋から中身を取り出すときの奇妙な合言葉を思い出した。袋のとじ口になっている白い筋を歯で噛み切り、袋をくるっとひっくり返すと、ひょこっとにわとりのとさかのような形で実が出てくる。黄色い半透明のつややかな実の出現の瞬間に、私たちは「コケコッコー」と叫ぶのである。「コケコッコー」を繰り返すうちにコップの中は夏みかんの実でいっぱいになってくる。そこに砂糖をスプーン一、二杯入れ、その上から重曹をスプーン二分の一杯くらい入れる。それを箸で上からツンツクつつくのである。シュワシュワジュワジュワあぶくが出てコップのふちまでのぼってくると、よし、できあがり、とばかり、私たちはスプーンですくって食べ、あふれ出たジュースを飲んだ。スパークリング・夏みかんである。私たちはこれを「じゃぶじゃぶ」と称していた。「じゃぶじゃぶ」は砂糖と重曹で酸っぱみが緩和され、わずかに苦味があったけれどおいしかった。

「コケコッコー」といい「じゃぶじゃぶ」といい、私の幼児のころの食べ物には擬音語、擬態語がついてまわっていたのだ、といまさら感慨にふけってしまう。誰がこんな言葉を子どもたちに教えたのだろう。それとも子どもたちは自発的に言い出したのだろうか。この年齢《とし》になってもみかんの袋をひっくり返して食べるときには、心のどこかで「コケコッコー」の声がするからおかしい。

畑にはグミの木もあった。六月になると、朱がかった紅《くれない》に点々とごま斑をちらしたかわいいグミの実がぷらんぷらんとたくさんぶら下がった。私たちはグミの木のわきに立ってちぎってはちぎっては食べした。ちょっと渋かったけれど、そんなこと、なんのその、果物のわずかな甘みは文字通り甘露だったのだ。畑に隣り合わせていた神社に遊びに行きたいときは、ワンピースのポケットにグミの実を五個も十個も詰め込んでいき、しまいにはそのことを忘れ、グミの実はポケットの中であわれにもつぶれて、茶色い汁がポケットをぬらし、その染みは洗っても洗ってもとれなかった。

いちじくの木もあった。いちじくは種がなくておいしかったが、食べ過ぎると口の中がかゆくなって後悔した。ちりちりと粘膜をかすかに刺激するあの感覚を出雲弁では「はしがゆい」という。共通語でなんと言うのだろうと同郷出身の夫に聞いてみたけれど、首をかしげている。「はしがゆい」は共通語には翻訳不可能なのかもしれない。

中学生くらいになって、アダムとイブが知恵の実のりんごを食べたのち、おのれの裸体を恥じて、いちじくの葉で隠した話を知った。その話を知ったあと、いちじくの葉を見ると、あれはどう見ても男性用だ、などという連想がよぎり、じぶんでも恥ずかしくなって困った時期があった。おっと、いけない、おやつの話を逸脱してしまった。

ざくろは祖母が好きで、祖母と差し向かいでよく食べた。祖母はざくろをぱっくりわって、ルビーのように透明で美しいざくろの実をパラパラとほぐして茶碗に入れてくれた。それをスプーンですくって口の中にいれ、チュッチュッと汁を吸い、種をぺっと出す。種が多くて閉口したけれど、ざくろの汁は品の良い甘さがあり、茶碗いっぱい食べるとなにやら満足した。それにしてもざくろの実の一粒一粒の光り輝く美しさは今でも惚れ惚れする。後年、イギリスの作家トマス・ハーディの『テス』を読んだとき、若い娘のはちきれんばかりの乳房を「ざくろのような」と形容した文に出会い、その比喩は私の脳みそに刻み込まれた。今にもわれんとしてわれず、小さなルビーの粒を見え隠れさせているみごとな球形の美しさと悩ましさ——果物はエロチックである。

べべという貝の煮物もおやつだった。学名はベッコウガサというらしい。楕円形の笠をかぶって磯の岩にしがみついているのだが、直径がせいぜい二センチくらい。楕円の中心から放射状に線が走っている。夏休み、私たちは海に行くと、ドライバーでこの貝をひっくりかえしてたくさんとったものである。ある年、年上のいとこがクラスメートたちと海にキャンプに行くと聞いて、私は大ダダをこねてこの集団についていったことがある。当時、このいとことは同じ屋根の下で姉妹のように暮らしていた。しかし、考えてみれば、クラスメートとの行動に私がついていくのは迷惑なことだっただろう。いとこの太っ腹にいまだに感謝している。そのときの自分の強引なわがままぶりを思い出すたび、半世紀もたった今も、自分の中に三歳児のような強烈なエゴイズムがどこかに宿っているような気がして、生きていることの業《ごう》をかすかに感じてしまう。しかし、そのときはよろこび勇んでついていった。

私たちは、たいらな磯の岩の上で火を起こし、飯ごうで飯を炊き、〈べべめし〉をつくった。たくさんのべべ貝の笠をはずし、米の中にぶちまけ、ほんの少量のしょうゆで味つけをして炊くのである。海の匂いがぷんぷんする〈べべめし〉のおいしかったこと。

このべべもよく浦《うら》のおばさんが売りに来た。鍋にずっしり重いほど買って、母は煮てくれた。煮るといっても水は使わず、酒をふって二回ほど吹き上がればできあがりだ。これをどんぶりにとって私たちは縁側に持っていく。時間は午後のおやつどき。子どもたちはてんでに裁縫で使う待ち針を手に集まってくる。これで小さな小さなあわびのような貝の実をつついては食べつついては食べるのである。ときどき、ニナというカタツムリのとんがったようなこれまた小さな巻貝が入っていると、針でくるりと中身をこきだしてこれも食べる。これもうまいのである。私はときどきでくわすカメノテという奇妙な貝も好きだった。カメノテは亀の手。なにしろ小さい。小人のグローブのような外側の皮をはずすと中から朱色の柔らかい身がでてくる。とびきりおいしかった。

父の弟にあたる義郎叔父は近所の旧家に婿に入っていたが、しょっちゅうステテコ姿でぶらっと実家にやってきた。子どもたちはこの叔父を「よしろっつあん」と呼んでいた。子どもの目には天衣無縫、稚気を忘れぬ友だちのような叔父だった。勝手口に下駄を脱ぎ捨てると、母に「やあ、姉さん、べべが煮えとうかね。ええとこにきたな」といって、ずかずかと座敷に上がり、子どもたちの中におおきな体を割り込ませて、自分も待ち針を手に、縁側で競争のようにべべを食べた。私たちはこの叔父が大好きだった。べべ騒動が終わると、叔父はポケットからハモニカを出して吹いてくれた。舌を巧みに使って、主旋律の下にブンチャッチャと伴奏をつけるのである。それが手品のようで私たちは唖然として聞いていた。『金と銀』とか『ドナウの漣』といったワルツが多かった。今でもヨハン・シュトラウスのポピュラーな音楽が流れるとステテコ姿の叔父とべべ貝を思い出す。

よその家で食べたおやつも忘れられない。それは生姜糖屋のよっちゃんの家である。この生姜糖は先にふれた出西生姜を原料にした平田名産で、江戸時代から続いている。出西生姜の上品な香りと強い辛味を生かした生姜糖は今でも生産されていて、評判がいいらしいが、私にはひたすら昔懐かしい味である。私は同い年のよっちゃんの家によく遊びにいった。家に上がるより、たいていは店の土間でまりつきをしたのである。私たちは六歳か、七歳、背が小さかったから、まりをつく目の前に貫禄のある木のカウンターが聳《そび》え立っていて、カウンターの中はなにも見えなかった。崖のように見えたこのカウンターがごく普通の高さであることに大人になってから気づき、当たり前だと思いながらも、幼いころから大人になるまで同じ風景がどんなに変化してきたか、感慨にふけったことがある。いつも下から上を見上げていた世界はどんなにか大きく、謎に包まれていたことだろう。

「メゲができたけん、食いなはいよ」と、よっちゃんちのおばさんが、紙の上に生姜糖のかけらをのせて持ってきてくれる。生姜糖の生産現場をのぞいたことは何度もあるのだが、そのたびに目が皿になった。マクベスの魔女の釜のような大鍋に黄金色の生姜糖液が煮えたぎっている。赤がねの生姜糖の型が鍋のわきにいくつもぴったり肩を寄せ合うように並べられる。おばさんは大きな杓子で生姜糖液をすくって型の上にとろとろと、しかし大胆に流していく。これが冷えて固まるとおいしい生姜糖のできあがりだ。冷えるとおばさんは並んでいた型をひとつひとつ、とりあげ、ひっくり返して型からはずす。そのときあいだにこぼれていた生姜糖液がやっぱり固まって、不定形のメゲになって、私たちのおやつになるのである。この小さいかけらがおいしかったこと。私は今でも店で売っているちゃんとした生姜糖より、このメゲが食べたいなあと思っている。

遠足のときだけはお小遣いをもらっておやつを買っていった。硬貨をにぎりしめて、近所の菓子屋に走ったのだが、その金額はたしか二十円。二十円でなにを買うか、私は大いに迷ったものである。森永の薄い板チョコがたしか二十円だった。これを買えばそれで全部おしまいだ。甘酸っぱい薄い昆布が十枚くらい重なっている酢昆布とよばれる駄菓子も好きだった。これならもう一品買える。カバヤキャラメルか、おまけつきのグリコキャラメルなど。しかし、私はそのころにしてはへんなものが好きだった。カリフォルニアほしぶどうである。外箱には赤紫色の背景に、ぶどうでいっぱいの籠を抱えた亜麻色の髪の乙女がちょっとずれたように印刷されている。中身もさりながら、この箱のデザインも好きだった。これは二十円だったかもしれない。私たち子どもにとって遠足の日はハレの日だった。ハレをハレらしく整えるにはやはり一品でもチョコレートかほしぶどうだ、と、そんな気分で、決心した覚えがある。

今でも私たちは誕生日やクリスマス、お正月を迎えると、なにか特別のことを、と思うのだが、特別なことは私たち個人の頭ではなく、商魂たくましい企業の頭で考えられ、準備されていて、いつもうんざりしてしまう。なにを特別として選ぶのか、そこのオリジナリティは企業のたくらみが届かない清貧の時代でこそ、と思ってしまう。ひるがえって、今はお金で買ったものよりも個人の手で作り出したものこそスペシャルなのだ、という思いもする。しかし、それには時間という魔物が必要だ。時間のない人に手作りを強要することほどひどいことはない。

時間とお金、その隙間を縫って日常の豊かさをどう作っていくか、モノに向かってなにをどう個人的な喜びとするか、そこに現代の思想性がかけられている、といったら大げさだろうか。昔のおやつを思い出しながらそんなことを考えてしまった。

野菜のピラミッド

食の話4

昭和二十年代の学校給食の思い出を書こうと思ったが、すっと入ろうと思ったのにそうはいかない気持ちに捉えられた。昭和二十年代から三十年代にかけての私の故郷、出雲地方の食の話を書いてきて、その豊かさを思うと同時に、それは特別のことかもしれないといううしろめたい気持ちもよぎってきたのである。そこで、前置きに日本人の食生活の豊かさについて思いをめぐらしてみたくなった。

長野県に私と親子ほども違う年長の親しい友人がいる。その人との付き合いはもう三十年も続いているのだが、若いころのいろんな話を聞いていると、私は考え込んでしまう。蛋白源として蚕のさなぎを食べる話。岡ウナギと称して蛇を売りに来る人がいたという話。また、蛇をストーブの上にぶらさげてあぶり、カリカリにして、それをぽきぽき折って食べるおやつの話。教師になって、山奥の小学校に赴任したとき、下宿のおかみさんが鍋物を作ってくれ、お玉で探っていると、猿の手がでてきて仰天した話。

松谷みよ子の創作童話『たつの子太郎』（講談社）も長野の民話を下敷きにしているが、たつの子太郎の母は谷川の魚、〈いわな〉をひとり占めにして食べてしまった罪で竜にされてしまう。これはあまりにも悲しい。主人公のたつの子太郎は竜になった母を求めていく旅の途中、ある村で、大きな握り飯をたらふく食べて、涙し、米がたくさん採れる広い土地がほしいと、しみじみ思うのである。

結局は米が採れない長野県の貧困は満蒙開拓団にたくさんの子弟を送り込んだ歴史にもつながっているかもしれない。そう思うと、私がつぎつぎと語った出雲の食の話は、海もある、湖もある、米も採れる、野菜もある——そんな豊かな土地柄の能天気な話と受け取られかねない。日本全国、地方地方のさまざまな食事情を考えると、そんな不安もきざしてくる。

しかし、想像をたくましくすれば、比較はそう単純にはいかないと思う面もあるのだ。長野の子どもは田んぼで鯉をとり、りんごや栗を思う存分食べたかもしれない。山女《やまめ》や岩魚《いわな》を釣るのは面白いし、食べればうまい。ばあちゃんが焼いてくれた野沢菜のおやきのおいしさは格別だったかもしれない。地蜂の蜂の子はほんのり甘くて本当においしいし、きのこ類もどっさり採れたことだろう。

が、一方で、そんな食べ物ではとても労働に耐えるカロリーはとれない、やはり、米飯を食べなければ腹に力が入らない、という反論も当然あるだろう。そこで私は考える。もしヨーロッパのように、肉食文化が伝統的に市民権を得ていて、堂々とイノシシや鹿の肉を食べることができたら、またその伝統の力でさまざまなおいしい肉食料理が開発されていたら、長野の子どもたちもおなかはくちくなるはずだ。米を最大のエネルギー源としてきた日本人の食生活からすれば、米が採れない土地の食生活を貧困に追いやる、米文化帝国主義といったものが歴史的に日本全国を支配してきたのだと思う。江戸時代に東北地方で多数の死者を出した天明の大飢饉などは、支配者が米の作付けを強制し、稗、粟、芋などの生産が極端に少なくなっていたための人為的な災害だったと、歴史家の網野善彦さんは言っていた。米の圧倒的なおいしさ、備蓄がきく便利さなど、日本人を米文化の権化のようにしてきた理由はさまざまにあるだろうが、その画一性は地方地方に豊かさと貧困の問題を投げかけてきたに違いない。

が、今、米は戦前ほど食べられなくなった。私たちが営んでいる塾の子どもたちに「朝、パンを食べる人、ご飯を食べる人」と、尋ねると、パンのほうに手があがる子が多いくらいだ。ご飯に味噌汁の朝食の画一性は変わってきている。その原因は給食にある、と言う人もいる。コッペパン給食はアメリカの小麦を日本に進出させるための陰謀だった、などと私の夫は穏やかならぬ情報を伝えてくれた。ほんとうかいなと思うけど、事態は戦後の絶対的貧困の時代だったから有無を言わさぬありがたさがあったのだ。全国的貧困にどっと与えられたアメリカからの援助。そのことはやはり、日本の戦後の食生活の変化に大きな影響を与えているに違いない。

給食の思い出は昔の国定教科書のような力がある。日本全国どこから来た人でも、共通に脱脂粉乳の思い出があるのだ。しかし、それと同時に個人の甘くも苦くもある体験が付属しているはずである。島根の片田舎の小学校での小さな思い出が、小波のように読者の小さな思い出を揺り起こしてくれればいいな、と、そんなことを考えながら、やっと給食の思い出にたどり着いた。

ネットで調べてみると、戦後、大都市で給食が始まるのが昭和二十二年。その前年の十二月、ララ放出物資（アジア救済公認団体）というものの日本への贈呈式が行なわれている。物資の内容は脱脂粉乳とコッペパンの材料の小麦粉だった。それにしても昭和二十二年に大都市で始まった給食の写真を見て驚いた。赤いトマトシチューがアルマイトの食器に入っている。こんなしゃれたもの、と思うと同時に、どんなあやしいトマトシチューだったのかという疑念にも襲われるのである。

昭和二十六年全国市制地に給食が拡大実施される、と年表にある。この年、私は小学校二年生。私の記憶では給食は徐々に始まった。まず、脱脂粉乳が弁当のときについた。これは毎日だったような気がする。お惣菜は毎日ではなく、一週間に二日とか三日とか、飛び飛びだったのではなかろうか。コッペパンが出るようになったのはもっとあとだった。それまでは、冬季、唯一の教室の暖房であった、一辺一メートルの角火鉢の木のふちに弁当を並べて暖めていたのである。みんな金色、銀色のアルマイトの弁当箱だったのに、私だけ木の曲げ物の塗りの弁当で、やけに目立って恥ずかしかったし、あたたまりにくいのもいやだった。毎日お惣菜が出るようになったのは四年生のころだった気がする。

ミルク以外のおかず――それはありとあらゆる野菜のごった煮だった。味はみそ味か、単純な塩味だったと思う。この野菜の調達がふるっていた。私たち子どもの家庭に野菜当番というのが課せられたのである。当番の日が来ると、農家であろうとなかろうと、なにかの野菜を学校に持っていかなくてはならない。量は指定されず、人参一本でも、じゃがいも、一、二個でもよかった。私も野菜をかかえて持って行った覚えがある。もちろん給食センターなどはないから学校の給食調理室で作る。調理室のコンクリートの床につぎつぎ野菜が積み上げられ、小さかった私には野菜のピラミッドのように見えた。この野菜の山を白い割烹着をしゃっきり着た給食のおばさんと手伝いに来ている母親たちとが一口大に切りまくった。切った野菜は石川五右衛門の釜のような巨大な鍋で煮込まれた。無数の野菜から出ただしでおつゆはおいしかったはずだと思う。しかし、そのときの私にはつらかった。私はこの時代にしてはあるまじき偏食で野菜嫌いだったのである。

私と五歳違いの弟が給食のおかずの献立表を学校から持って帰ってきたときは目をむいた。献立だと！　私たちは献立もへったくれもなかった。来る日も来る日も、野菜のごった煮だった。野菜嫌いの私は連日、難行苦行をしいられたのである。とくに白いねぎは怖かった。ぬるっとしたねぎを口に押し込むと、のどを通過するとき、膝頭がぶるぶるっとふるえ、涙が出そうになった。野菜のごった煮が出る日はほんとうに憂鬱だった。しかし、ふしぎなことにこの苦しみはだんだん薄れ、六年生のころには野菜嫌いがほとんど解消していたのである。いや、好きになったわけではないが、野菜を食べるのがなんでもなくなっていた。子どものころの偏食とその克服のドラマはいったいどういう経路を踏むものか、成長の過程でなにがどう変化するのか、結局それはそこへ向かう精神的な問題が大きい気がする。

遠野の昔語りの名手だった鈴木サツさんから直接聞いた話は忘れられない。彼女の語りを採集し、大きな本にまとめあげた編集者のEさんに彼女は心を寄せていた。サツさんは八十歳になるまで偏食で、食べられないものがたくさんあったという。それをEさんが「いろんなものを食べたほうが体にいいですよ」と諭すように教えてくれたそうだ。それで彼女は一大決心をして偏食を克服したというのである。Eさんとの関係が彼女の精神の方向を決めたというしかないだろう。私もどこかで思ったに違いない。こんなに毎日涙ながらに野菜を食べるなんて、いやだいやだと思っているせいなんだ。自分がなんとかしなければこの窮状からのがれられない、なんだくそっ、食べてやるぞ、とどこかで決心をしたのではないだろうか。その決心が大人になることだったのかもしれない。

脱脂粉乳は評判が悪い。鼻をつまんで飲んだ、という思い出を語る人が大半だ。ところが私はこれが大好きだった。当番がバケツにあわ立った白いミルクをいっぱいに入れて運んでくる。アルマイトのコップに白銀に光る金属のひしゃくでなみなみと注がれる。母乳を飲んでいる赤ん坊のような匂いとこげくさいような匂いがする。教室中にいやいやの空気が充満する。しかし、私は一口一口、楽しんで飲んだ。あまっていればお代わりして飲んだ。四年生のときの担任の女教師は「心を澄まして、行ないを正しく」などといつも説教をしている人だった。もちろん食べ物についても、「感謝して残さず」などと子どもたちにはいうくせに給食の時間になると「こんなもの、飲めん」とばかり、決してミルクに口をつけなかったのである。私はそれを横目で見て、大人の説教の欺瞞性を感じ、おおいに痛快だった。脱脂粉乳は人間観察を通してなかなか教育的だったといえる。

三歳年下の妹も好きだったらしい。みんなが嫌うから自分もわざと嫌いな態度を演技して、いたずらな男の子をだまし、男の子たちが嫌がらせに、自分の机の上に三人分のミルクを置いていったときにはうれしさとおかしさがこみあげてきてしょうがなかった、という話をしてくれた。まるで落語の「まんじゅうこわい」みたいな知能犯だったわけである。いずれにせよ、私たち姉妹は牧畜民族の血を引いているのかもしれない。

　コッペパンが毎日つくようになったのは四年生か五年生のころだったと思う。五年生のときの教室は校門から昇降口に入る小さな広場をのぞむ二階にあったから、パンを積んだ車が入ってくると、窓からえもいわれぬパンの香がぐんぐん入ってきておなかがグウグウなった。これもももちろんおいしかった。傑作なのはパンにつけるマーガリン。今でも覚えているが、銀リス印のマーガリンで、包装の箱にかわいいリスが印刷されていた。これはバターを縦半分に切った形の直方体のマーガリンで、一日に食べる量がだいたい一センチくらいに刻まれていた。これを私たちはひとりひとり机の中に入れて保存していたのである。食べ盛りの男の子たちがいつでも手に入るところにマーガリンがあって、給食の時間まで決して手を出さない、などということはできないにきまっていた。休み時間に出してきてはぺろりとなめる。チャンスがあればなめる。だから、給食が始まるときには口の端にすでにマーガリンをつけていた子も少なくなかった。陽気がよくなると、とろっとして、考えてみれば不潔だった。妹に聞いたら、妹のときにはそれぞれに名前を書いて先生が一括して預かっていたという。マーガリンの無政府状態はわずかな期間だったらしい。むべなるかな。

　小学校を卒業すると、私の給食生活も終わった。再び弁当が始まり、それから長いこと、給食のことなど忘れていた。結婚して子どもができて、子どもたちが学校に入って再び給食というものに間接的に接するようになり、隔世の感に打たれた。デザートに果物やプリンなどがついたりしているではないか。コロッケやカレー、酢豚や肉じゃが――献立表は実に豪華絢爛に見えた。私はそのころ、子どもたちになるべく無添加の良い食品をと夕食の材料には心を砕き、味も薄味にまとめていた。あるとき長男の言った言葉は忘れられない。「お母さんの上品な味もいいけれど、僕は給食の下品な濃い味も好きだなあ」。

下品な、などといったら、給食を作る人にお叱りを受けるかもしれない。しかし子どもの言、許してほしい。私にはこの言葉は強烈なパンチだったのだ。既製品のおせち料理にしろ、煮豆にしろ、お店で売っているものは味が濃く甘い。それが世の中の平均的な嗜好なのかもしれない。長男の言葉から給食もそれに近い味付けであろうことが想像される。食育などというけれど、我が家の子どもたちは給食で、我が家と違う味の世間というものを学んでいたのかもしれない。そしていつも世間のほうに子どもたちはひかれるのである。給食というものがもつ画一化がどんな線でひかれるのか、考えるとそこからコンビニ食もみえてくる。今、外食産業やコンビニでは、学校給食など及びもつかない大量生産で食べものは作られているのだ。一億総給食といってもいいくらいだろう。

子どもが小学校のころ、校舎の建て替えの計画があり、それを機に給食をセンター方式ではなく、料理をする人の顔が見える自校式に、という運動が親たちの中から起こった。私ももちろん参加した。食べる人、作る人の互いの交流があって、初めて、食事の喜びは、達磨の目が入るように、腹の底から納得できるのではなかろうか。そういう意味では子どもたちひとりひとりが野菜をかかえて学校に届け、顔見知りのおばさんたちが作ってくれた私たちの時代の給食の野菜のごった煮は、今食べたらきっと、ほっぺたがおちるほどいい味ではなかったかと、自分の子ども時代の野菜嫌いが今にして悔しいのである。ああ、子どもであるということはそんなものじゃなあ。

天神さんの祭り

祭りの話1

一年でいちばん心躍った子どもの日の思い出をつづることにする。

一年でいちばん心躍った日、それは七月二十日と二十一日だった。この二日間は町中が天神さんのお祭り一色に染めあげられる。それにこの日は私たち子どもにとっては、いよいよ夏休みの幕開けの日なのだ。

二十日は終業式で学校は半日で終わる。カチャカチャと音も軽くランドセルを背負って家に帰ると、もう家の前はざわざわと落ち着かず、あちこちで大阪弁のてきやのおっつあんたちの胴間声が響き、つぎつぎと露天の屋台が組み立てられている。我が家は天神さんのまします神社の斜向《はす》かい。店を出すには絶好の位置にある。

「やあ、すんまへんな。お宅の前に店を出さしておくれやす」と、ねじり鉢巻のおっつあんが勝手口に顔を出し、鉢巻をはずしながら、祖母にぴょっこりと頭を下げている。

「ああ、ええでね。なんの店かね」

「いやあ、子どもの面の店でんねん」

おっつあんは私ににっと笑いかけて出て行く。私はおっつあんのあとを追って、屋台のできるのを見に行く。道路に面した部屋の格子戸の真ん前に屋台ができ、いろんなお面が並べられる。東山に舞妓さんの後ろ姿を描いた底光りする桃色の扇も広げられる。私はおっつあんの店開きを、ただただ突っ立って見ている。お面や扇子がひとつひとつ並んでいくと、天神さんの祭りは一歩一歩、近づいてくる。

母がお祭りの晴れ着に夏のワンピースを毎年、仕立ててくれる。そうめんの昼ごはんが終わると私は新調のワンピースに着替える。いい匂いのするキャラコ地のスカートがよく広がり、しゃりしゃりと私の脚のまわりで音をたてる。母が襟と共布の白い帯を腰の後ろでリボンの形に結んでくれる。走ると、リボンは背中でふわふわ踊る。私はそのまま弾むようにしてお宮の境内に走る。大家族で姉妹のように同じ家で暮らしている、いとこのNちゃんもいっしょだ。

お宮の参道の両側にはつぎつぎと屋台ができあがっている。店のほとんどはおもちゃ屋だ。男の子用の大小の乗用車、トラック、ピストル。女の子用のままごとセット、真珠色に光る首飾りや真っ赤なルビーの指輪などがゴージャスに並んでいるアクセサリーセット、キューピー人形、着せ替えの紙人形セットなどなど。じっと見ているうちに胸が高鳴ってくる。アテモンもある。アテモンは付箋紙を重ねたような紙の束だ。それを一枚引き抜いて、舌でべろりとなめる。濡れたところに白く字が浮かぶ。たいていは「スカ」、あたると「アタリ」。「オオアタリ」もあるがこれはめったに出ない。籤運《くじ》の悪い私はいつもあきらめていた。そんな私に小学校三年のころだったか、「オオアタリ」があたって、卒倒しそうになったことがある。賞品はでっかいマシュマロでできた鯛だった。セロファンに包まれた鯛を二、三日枕元において寝たが、どうやって食べたかは思い出せない。

食べ物の店は今の縁日のように多くなかった。綿あめや、カルメラ焼き、ニッキ水とかイカの付け焼きとか、氷水屋とかそんなものだったと思う。ニッキ水はひょうたん型のガラス瓶に毒々しい真っ赤な色水が透明に光って入っていた。「あれは不潔だから飲んではいけない」と母や祖母に言われていたので、見るたびにぞっとしたが、それだけにちょっと誘惑的でもあった。

お小遣いは多くない。私は五年生のとき、一学期の終わりの児童会でつまらぬ提案をしてえらく後悔したことがある。

「どの家も兄弟は多いから、一人ずつは少ないようでも子どもたちみんなに平等に小遣いをやる親の負担は少なくない。それを考えると小遣いは最小限にしたほうがいい」などといったのだ。先生に褒められてこの提案が通り、一人五十円くらい、と決まった。決まったとたん、私は自分の間違いに気づき、ほぞを噛んだ。

馬鹿な私は自分の提案どおり五十円玉をにぎって、店から店へ右往左往する。

日が落ちて、あたりが薄暗くなるとだんだんお参りの人が混み始める。ぞうりや下駄や靴の音が潮騒のように絶え間なく渦巻いて私の体を包む。アセチレンランプがあちこちの店で灯される。低いごーっという音とともにランプから眩しく白光する炎が勢いよく吹き出し、あたりを照らす。鼻を突くつーんとした匂いが広がる。決していい匂いではなかったが、それはまさしくお祭りの匂いだった。

「なにを買おうか」私の頭はそのことでいっぱいだ。あちこちのアセチレンランプの光の中で大小の人影がせめぎあい、絶え間なく揺れ動く。

それをかき分けて、私は水中花を売っている露店を見つける。どじょうのように体をくねらせて人垣を抜け、私はいちばん前に出て水中花に見とれる。コップの中でゆらゆらゆれている赤や紫や黄色の花は水と一体となって、なにやらなまめかしい。私は目が離せない。「水中花を買おう」と、決心する。三十円だ。

水中花を買うと私は急いで家に帰る。母にコップをもらって水を入れ、よれよれにたたんだ乾いた紙に小さな錘《おもり》のついた水中花をコップの中にそっと入れる。水中花は底につくと、コツンと軽い音がする。たたまれた紙は水の中でゆれながら、ゆっくりゆっくり開き、腰をゆらめかして立ちながらしだいに花になっていく。やがて菊に似た不思議な花が水の中に現われる。その刻一刻を私は目を凝らして見る。その瞬間こそ、水中花は最高の魅力を放っているのだ。開ききると、私はほっとため息をつき、コップに両手をかけ、コップの水がこぼれないように、そっと二階に運んで、自分の机の上に置く。今日から夏休み。明日から「夏休みの友」というドリル帳を律儀にすこしずつ埋めながら、私はこの水中花をためつすがめつ眺めるのである。

次の日もお祭りは続く。昨日は前夜祭。今日こそ本番なのだ。

さてこの祭り本番の日、私には忘れられない事件が起きたことがある。三年生のときだったと思う。これは私だけの秘密だったけれど、あえてここに公開しよう。

昼ごろまではお宮の斜向かいの私の家の前でも、お参りの人の足音は少なめで静かである。昼ごはんの前、私はお使いを頼まれた。なんのお使いだったか記憶が定かではない。私はこのぐらいの人ごみなら大丈夫と踏んで、自転車に飛び乗った。親戚からお下がりでまわってきた子ども用の自転車である。私は神社とは反対方向の、呉服屋や本屋、洋品店などの大きな店舗が並ぶ大通りを抜けていった。大通りにも、あちらこちら植木の店などの露店が見える。

お使いを終えての帰り、おなかがすいていた私は自転車を飛ばした。思いなしか天神さんのお参りに向かう大人や子どもが先ほどより増えているようだ。私は人とぶつからないように、ハンドルを右へ左へ切りながら急いでいた。祭りの日の大通りでは、浮き立つ人びとが道の中央部を横に並んで、テレテレと歩いている。道の端っこのほうが、すいているのだ。私は道の端っこを選んで走った。すると急に目の前に、子どもたちがたくさん座ったり立ったりして、なにかに寄ってたかっているところに出会った。スピードを出していた私はあわてた。そこへ道路の向こう側からぱっと走ってきた子がいた。私はその子をよけようとハンドルを右に切ったが、切りすぎて、自転車はヨロヨロしながら子どもたちの群れの中に突っ込んでしまった。子どもたちはワッといいながら立ち上がった。幸い、誰も自転車にぶつからなかったけれど、私は自転車ごと横倒しに倒れてしまった。

バッシャーン、と水の音。気がつくとそこは金魚屋だった。口の広い大きな洗面器に水を張り、七つ八つも道路にじかに並べ、その中で、小さな赤い金魚がうようよと泳いでいる。そのど真ん中に私は倒れ込んだのである。スカートもぬれ、パンツもぬれた。金魚が道路にピチピチはねる。完全にパニックになった私はその場を逃れることしか考えなかった。いや、考えるというより、本能的にそうしたのだと思う。金魚屋のおじさんがなにかわめいていたが、子どもだった私はおじさんの顔も見ず、自転車のハンドルをにぎって、立ち上げると、さっと自転車にまたがって、あっという間に逃げてしまった。今思うと金魚屋さんには気の毒なことをした。だが、子どもというものはあまりにも大変なことをしでかすと、あやまるなどという心の余裕はないものらしい。目の前が真っ白になり、その場から逃げることしか頭になかった。そして、そのようにしてしまったのである。

家に帰って母にとがめられた覚えはない。私は隠していたのではないかと思う。ぬれたスカート、ぬれたパンツはどうしたか。ぬれたとはいえ、ざんぶり、まるごと水に漬かったわけではないから、乾くまでほっておいたに違いない。

その日はいつまでも胸がドキドキし、大通りの方には絶対に、絶対に、行きたくなかった。

さて、お祭り本番にもどろう。午後三時ごろ、いよいよお旅が始まる。天神さんの御神体は神社から一キロ近く離れた、江戸時代の旧家、儀間家の井戸から発見されたという。儀間家では氏神社の境内に天神社を建てて、それをお祀りしたのである。天神さんの祭りの日、神様は儀間家に里帰りをする旅に出られる。その道行きを「お旅」という。御神体は関東のようにワッショワッショのおみこしではなく、白木の神輿を白木の台車に載せ、厳かな笛と太鼓に和しつつ白装束の人がしずしずと引いていく。

その前を行く先触れが大騒ぎをして、子どもたちを喜ばせる。まず、番内という鼻高天狗がいる。棕櫚の葉でできていたのだろうか、長い茶色の髪の毛をおどろにふりみだし、竹笹を一本にぎって大暴れ。「ヤーイヤーイ、クソバンナーイ」と、子どもたちがわきからはやすと、一杯ひっかけた若者が扮する番内は「ウオーッ」とか「ワーッ」とか叫びながら、悪童連を打ちにかかる。子どもたちはキャアキャアワアワアいいながら、蜘蛛の子を散らすように散っていくのもつかの間、またもや集まってきては「クソバンナーイ」と大声ではやす。バンバンと地面を竹笹で打ちながら、番内は再び打ってかかる。このくり返しの騒ぎで子どもたちはもう興奮のるつぼ。通りには熱気がたちのぼる。子どもたちにとっては祭りのクライマックスである。

ゆっくりと行列全体は進んでいく。クソ番内の次に来るのは暴れ獅子。これも酔っ払いを中に入れているから、どどどっと周辺の家の戸口にまで攻め寄せる。この獅子に頭を嚙んでもらうと風邪をひかないという言い伝えがあり、親たちは恐怖で火がついたように泣く子を抱いて、笑いながら子どもを嚙んでもらう。

暴れ獅子のあとからお神楽にあわせ、由緒正しい獅子踊りをしつつ神様を案内する礼儀正しい獅子がいる。このあとをやっと神様がお通りになる。祖父は絽の紋付羽織をはおって、玄関先でこのときを待っている。お通りになると、拍手を打って、深く頭を下げる。祖父だけではない。あちらこちらの家でも大人たちは大真面目な顔で拝んでいる。私はその様子を見ながら、ちょっと不思議な厳粛な気持ちに包まれる。

この後ろから延々と続くのが稚児行列である。三歳までの男の子だけの行列だ。青く頭をそりあげた幼い子が濃い茶や薄青の絽や紗のすけるような着物をき、真っ白な帯を後ろにたらしているのはなんともいえぬ涼やかな清潔感が漂う。宙を見つめている無邪気な表情がそんな装いと一体となって美しい。そのことに気がついたのは中学生になってからだと思う。

夜、神様もお戻りになり、境内では神楽が始まっている。須佐之男命や大国主之命が出演するちょっとしたミュージカルだ。面白いけれど延々と真夜中までやるので子どもの私には付き合いきれない。眠くなってきて、私は家にもどる。眠気がどっと襲ってくる。私は耐えられなくなってふとんにもぐり込む。道に近い私の寝る部屋には表を行き来する潮騒のような足音と湯気が立つような祭りの気配がまだ続いている。ざーざー、ざくざく、ざーざー、ざくざく、眠気の中で祭りは私の意識から次第に遠のいていく。ああ、楽しかった今年の天神さんも終わる。

天神さんの思い出は還暦をとっくに過ぎた私の胸の奥でいまだに熾き火のように静かに燃えている。熾き火となって一生涯燃え続ける幼い日の思い出は、老いていく私をいつまでも支え続け、暖めてくれることだろう。

薬師さんの祭り

祭りの話2

天神さんの祭りの次に賑やかだったのは薬師さんの祭り。土地の人は「やくしさん」とは言わない。「し」を飛ばして「やくっさん」と呼ぶ。私の印象だと天神さんの祭りは〈陽〉、薬師さんの祭りは〈陰〉である。

天神さんは夏の盛り。太陽がぎらぎらと照りつけ、入道雲がもくもくと立つ時期だ。薬師さんはお盆もとっくに過ぎ、涼風が吹きわたる九月の中旬。天気も不安定で、たいてい雨が降る。たれこめた曇り空からシソシソと静かに降る。私も夫も同じ平田の町に育ったので故郷の話が通じ合う。今、東京郊外に住んでいるのだが、九月になって湿やかな雨が降ると、ふたりで顔を見合わせて、「やくっさん雨だねえ」と言い交わしたりする。

天気や時候だけでなく、なぜ天神さんが〈陽〉で薬師さんが〈陰〉なのか、そこのところが今回の主眼である。

薬師さんは子どもにとっては解放感のある祭りではなく、首をすくめたくなるようなちょっと怖い祭りだった。天神さんの祭りと違って学校では全校に注意事項が放送される。教頭先生の緊張気味の声がスピーカーから聞こえてくる。こんなとき、先生は出雲弁ではないのだ。

「香具師《やし》がやってきます。香具師というのはサギ師です。町角で詰め将棋や五目並べをやって、一勝負いくらの賭けを誘いかけ、客が勝ったら掛け金はみんな客にやる。負けたら一銭残らず巻き上げるわけです。しかし、〝さくら〟というグルの仲間がいて、客のふりをして、わざと勝って金を受け取り、さもさも儲けたという顔をする。それにつられて手を出すと、大人でもみんな負けます。どこかで上手にインチキをやっているわけです。小学生のみんなはそんなところに首をつっ込んではいけません。

見世物小屋もかかります。手足のない女の人に芸をさせたり、人間大砲というまやかしをやったり、子どもだけで見るには下品なものが多いので必ず大人と一緒に行動しましょう」

こんなわけでもう学校にいるうちから私たちは隠微な情報で胸の奥がなにやらどろんとしてくる。

薬師さんは私の家からは遠い。出雲平野を見下ろす町外れの丘の上の瑞雲寺という寺に附属していて、普段は近づくことはめったにない。お堂は急な石段を登った上の境内にある。石段のふもとにちょっとした広場があって、そこに見世物小屋やサーカスがかかるのである。

私はたいてい従姉のNちゃんと一緒に行く。天神さんは近いから何回も神社に行ったけれど、薬師さんは遠いので行くのは一日に一回。川沿いの道をどんどん北に向かっていくと、道のほとりにぽつりぽつりと屋台の店が現われる。人も少しずつ増えてくる。例の香具師もいる、いる。大人の男たちが十人くらいたかっている。

「あの中に〝さくら〟がおらいよ」

「他の衆《し》はみんなだまされるのにね」

「ダラクソ（馬鹿）がいっぱいいるね」

私たちは横目で見ながらそんなことを言って通りすぎる。

私の夫は小学校のころから将棋が大好きで、得意だったらしい。好きがつのって、薬師さんの祭りの日、ついつい人だかりの中にもぐり込み、詰め将棋の盤を見つめてしまったらしい。すると、「ガキはのぞくんじゃねえっ！」とすごいいきおいで怒鳴られ、頭をはたかれて怖い思いをしたと、後年、私に述懐していた。

やっと石段の下の広場に来た。左右に大きなテントが張られ、右側にはサーカス、左側はあのおどろおどろしい噂の見世物。見世物小屋の大きな看板が立てられ、大砲から飛び出した水着姿の女性が歯をむき出してこちらに笑いかけている絵が描いてある。広場はサーカスのジンタと、見世物小屋の呼び込みの声で騒然とし、けっこう人が立て混んでいる。見世物小屋の木戸の前に首の筋ばったやせたじいさんがしゃがれ声で口上を述べている。

「親の因果が子に伝い、かわいそうなのはこの子でござーい。うまれついての不具者《かたわもの》、両足なくて、人魚の姿。しかし健気に様々の芸を皆さまにお見せしまーす。

はいはい、お代はお帰りでけっこう、お帰りでけっこう。ただ今がいちばんいいところ。これから人間大砲の発射の時間。サービスに幕を一尺ほどあげて、中の様子をご覧にいれましょう」

すると看板の背後の幕が三十センチほどずるっと上がる。私とNちゃんは背伸びをして中をのぞこうとしたのだが、背が小さいのでテントの梁や天井が見えるだけだ。懸命に背伸びしているうちに、ドドーンというすごい音がした。中の客たちが一瞬、しんとし、次の瞬間あちこちから笑い声が起きている。なにが起こっているやらわからず、私たちはあきらめて、石段を登り始めた。

石段の上にも露店があり、けっこう賑やかだ。大人たちは薬師さんのお堂の前で手を合わせているが、私とNちゃんは拝んだ覚えがない。境内の広場には、また小ぶりのテントが立っていた。看板に『極悪犯罪現場写真展』とある。呼び込みは誰もいない。なんだかしんとしていて気持ちが悪い。木戸銭をとる男が銭湯の番台のような高いところに座っているだけだ。大人たちがぞろぞろと入っていく。木戸銭はやけに安い。私とNちゃんはその安さにひかれて、恐る恐る入ってみることにした。そこは写真展の会場のようで、大人の目の高さにパネルがぶら下げられ、貼り出されている。写真の前に人だかりがしていて見えない。私たちはその人だかりにもぐり込んで無理やり前に出た。見えた、見えた。しかし、ギョッとしてふたりとも黙りこくってしまった。その写真はどうやら死体の写真らしかった。着物の前がはだけて、死体は白っぽい肌をむき出しに横たわっていた。次の写真も似たようなものだった。私たちは途中で耐えられなくなった。私が「もう出よう」というとNちゃんも「うん」とうなずき、ふたりとも小走りで逃げるように出口へむかった。

「怖かったあ」

「気持ち悪かったねえ」

「見らんほうがよかったがね」

ふたりとも息をはずませて石段をかけ降りていった。

下に降りるとサーカスのテントの照明が皓々《こうこう》と明るくてほっとした。太鼓とバイオリンの生演奏があたりに鳴り響いている。「空にーさえーずるー、鳥の声」という例の『天然の美』という私も知っている旋律が流れている。もの悲しいジンタの三拍子が身体を揺すった。小遣いの残りを見ると、ぎりぎりサーカスの見物料が出そうだ。さっきのイメージを払拭したくて、私は入りたくなった。Nちゃんも一も二もなく賛成してくれた。

サーカスは文句なくよかった。中に入ると見上げるように大きな球形のザルの中にオートバイに乗った人が入っている。やがてブイーンと轟音をたててオートバイが走り始めた。ぐるんぐるんとオートバイは巨大なザルの中を走りまわる。天井に来ても逆さになってザルに吸いつくようにして走りまわっている。

「わあ、すごい。落ちない」

上に昇るたびに胸がドキッとするのだが、いつも無事に降りてくる。なんだか胸がすかっとして、いい気持ちになってきた。

オートバイが終わると綱渡りが始まった。両の目が落っこちそうな濃い化粧をした女の人がピンクの短いスカートをぴんと広げ、棒を横ざまに持って綱を渡る。下に綱が張ってあったからなんだか安心だったけれど、綱はずいぶん高い所に張り渡してあり、私たちは女の人の足を下から見上げていた。ゆっくりとあちらからこちらへ足をすっすっとのべて渡っていく。渡り終えると満面に笑みを浮かべて、自信たっぷりにおじぎをした。拍手喝采だった。私たちも拍手をした。それから五、六人の女の人が次から次へ出てきて二本渡した綱の上ですれちがったりした。みんな同じ顔をしていて区別がつかなかった。

サーカスの定番のブランコはなかったような気がする。

終わって外に出るとやくっさん雨が降っていて、傘をさした人たちでいっぱいだった。私たちは傘を持っていなかったので人混みの中、急ぎ足になる。やわらかな雨をさっと揺らして、ときどき秋の風が通りぬける。私たちは夏の盛りの天神さんの祭りに母が作ってくれたノースリーブのワンピースを着ていたから、二の腕がちょっと寒い。腕をこすりこすり、そぼ降る雨の中、Nちゃんと話しながら家路へと急ぐ。

「あの女の人たちゃ、みんなさらわいてきただらか」と私はNちゃんに聞く。

「五人くらいはおらいたねえ」

「何歳ぐらいのとき、さらわいただらか」

「修業がいるけん、小さいときだないと、あそこまで上手にならんだないの」

「四つ、五つのときかなあ。ムチでぶたれたりして稽古するだらかねえ」

「怖いねえ」

「おぞいねえ」

話はやっぱり〈陰〉に傾いていく。

私は家に帰って、夕餉《ゆうげ》の支度のあたたかい光に心底ほっとした。

その夜、私はなかなか寝つかれなかった。あの恐ろしい写真、白い死体が脳裏にちらついて、憔悴してしまったのである。私は深い疑問と後悔に見舞われた。

「なんで人間《にんげ》はあげなもん、わざわざ金を払ってまで見たいだらか。やだ、やだ。でも私の中にも見たい気持ちがゼロだなかったかもしれん。なんでだろう。——考えると、人間ちゅうもんが汚らしくて、やになるなあ、やだやだ。私もやだやだ」

私は自分の中の葛藤にしばし頭がぐるぐる巻きになり、眠気がつくまで「やだ、やだ」をくり返していた。

こんなふうで、やっぱり薬師さんは〈陰〉の祭りだったのである。しかし、からっとした天神さんの楽しさと違って、薬師さんは、人間の愚かさ、おぞましさを私にのぞかせてくれた。

後年私は、小沢昭一の「日本の放浪芸」のテープを聴き、庶民の楽しみを裏打ちする哀感に心打たれた。地獄絵の絵解きや、一条さゆりのヌード・ショーにひたる庶民像はいつも薬師さんの祭りを思い出させるのである。

いじめられっ子のひとり革命

くぐり抜けてきたこと1

幼いころ、影響を受けた自分の母親の性格や考え方は皮膚の奥深く浸透していて、死ぬまで完全に拭い去ることはできない。自分も親になってそのことを思うとちょっと恐ろしい。しかし子どもの方は、その影響でにっちもさっちもいかなくなると、なんとかそれを乗り越えて生きてゆくものだ。

私の母は徹底した性善説だった。渡る世間に鬼はなし、の信念は強く、その結果、子どもに二言めに言うことは「他人の悪口は決して言ってはなりません」だった。「ほんとに悪い人なんかいません。あなたにとって都合の悪い考え方の人はいるかもしれないけど、たまたま考え方が食い違っただけ。もしかしたらあなたの受け止め方が相手の人を傷つけることになるかもしれない。そんなことをしたらむしろあなたの方が悪い。人を攻撃するような悪口はろくな結果を生みません。人にはいつもあたたかく親切な気持ちを持ちなさい」というすこぶるつきの優しい考え方だった。

小学生になった私に母の性善説がもう身にしみついていた。しかし幼い私は単純で、どこか図々しい強さがあった。友だちが他人の悪口を言っていると、「よしなさい」と面と向かって言うような嫌味な子になっていったのである。それでは私が友だちに対して、ひたすら優しい子だったかというと、さにあらず、強烈な自己中心主義だった。

私は人を憎んだり、恨んだりしたくなかった。だから勝負事は大嫌いだった。今でも好きではない。勝ったら勝ったで人を見下すような優越感をもつし、負けたら負けたで悔しいし、相手が憎たらしくなる。遊びの中で自分の胸をよぎるちょっとしたそんな気持ちさえ避けたかったのだ。その結果、私の行く道はいつもひとり。自分の足元だけを見て、しこしこと自分のやりたいことを続ける。おかげで空気の読めない自己中心主義はどんどん助長されていった。

たとえばこんなふうだった。小学校三年のときだったと思う。社会の時間に「稲の一生」という課題を与えられ、グループで紙芝居を作ることになった。私は授業をよく聞く熱心な子だったから、先生の話をノートして着々と頭に入れた。田の代掻き、水はり、田植え、草取りと何段階もの手順が見えるようになった。これを十二枚の紙芝居にするとしたら、どの場面をどうとりあげていくかもイメージできるようになった。たしかグループは五、六人だったと思う。私たちはひとり二枚ずつ担当することになった。自分のはイメージどおりにすぐできた。すると友だちの取り上げ方が気になる。友だちの絵を見ていると、それは違う、ピントが狂っている、と思ってしまう。そこで自分としてはまったくの善意から口出しするのである。「この方がいいと思うよ」といって友だちの絵を自分の手でどんどん修正していった。ひとりならず、何人かの絵に手をいれ、自分のイメージどおりの「稲の一生」を作り上げたのである。

こんなことをしたら友だちに嫌われるに決まっている。今ならそのことがよく分かる。自分のしたことの図々しさにあきれ返ってしまう。しかし、心が幼いということはそんなことに気づかないのである。私はグループとしてはとてもいい「稲の一生」ができたと満足していた。しかし、その学期末の通信簿、素行欄の「人と協力する」という項目はみごとに三段階の一だった。私はそれでも気づかず、どうしてだろうと首をかしげた覚えがある。

五年生の二学期からクラスの中で私に対する猛烈ないじめが始まった。原因は今考えると、やはり私の自己中心性にあったのではなかろうか。なにかを主張するときはかなり強引のくせに友だちとの集団遊びにはほとんど参加せず、ひとりで本を読んでいることが多く、そのうえ先生には可愛がられる優等生タイプで友だち関係を大切にしなかったためかもしれない。

猛烈ないじめといっても暴力的なことや、私の私物を隠して困らせるとか、机の中に気持ちの悪いものを入れるとか、そんな近頃よく聞く物理的ないじめはまったくなかった。いじめは付き合い上の徹底した無視、つまりシカトであった。

朝、教室に入る。何人かの友だちに「おはよう」と声をかける。すると友だちはいっせいにおしゃべりを止め、顔を見合わせるようにしてソッポを向くのである。誰かの机の周囲に、四、五人集まってなにかを互いに見せ合っている。私も仲間に入りたくて「なに、みとるの?」といって近寄ると、その集まりはサーッとしらけて、いっぺんに散ってしまう。なにを言っても、なにを聞いても返事はなし。私の相手をする子は一人もいなくなってしまったのである。

今でもはっきり覚えている情けない情景がある。運動会で集団ダンスの練習のとき、互いに手をつないで大きな円を作るシーンがあった。私の両隣は私と手をつなごうとしない。手はあたかもつないでいるかのように真横に上げられている。しかし、私の手と隣の人の手のあいだには十センチほどの隙間があり、円はそこで断ち切れていたのである。私もつないでいるふりをして踊った。悲しかった。

私にとって幸いなことに男子は私のいじめとは無関係だった。ふたり並びの机だったが担任の先生は男子と女子を組み合わせた。いやな男の子もいたのだけれど、女の子でなくてよかった、といつも思った。女の子と隣同士だったらどんなに陰湿なシカトや嫌がらせにあったかと思う。

もちろん私はなんとかこの事態を突破しようといろいろあがいた。しかし、この努力には母親譲りの性善説が確実に災いした。私はいじめがはじまるまで比較的親しかった友だちの家を放課後、歴訪した。友だちに一対一で会うと、こんなふうに話しかけたのである。

「みんなして私にあげなふうに冷たくすーけど、なしてだらかと思うのよ。多分私がみんなにやなこと、気にさわーことをしたけんだと思うけど、私、なにしたかしら？　そーがなんだか分からんけん、みんなに『ごめん』っていえんがね。ねえ、教えて。そしたら私みんなにあやまる。『ごめん』ってあやまる。あんたにもあやまる。だけん、なに悪いことをしたかおしえて」

まったく自虐的な発言で、大間違いの行為だった。こんなことを言えば、いじめる側は調子に乗るに決まっている、しかし、そのころはちっとも分からなかった。すべての人は基本的に良い人であって、私に対する態度にはそれなりに理由があるに違いないと思い込んでいたのである。結局、状況がひどいのは自分に非があるからだと信じていた。あれこれと自分の非を探し、自分をひたすら責めた。しかし、クラス中の人ひとりひとりに悪口を言った覚えもないし、とくに意地の悪いことをした覚えもない。放課後、私と会った友だちは当然なことに当惑顔でろくな返事はしてくれない。「知らん、知らん」の一点張りだった。

かくしていじめは延々、続いた。六年生になっても同じクラスの持ち上がりだったから、状況はまったく変わらなかった。私はずっと沈黙と孤独に耐えなければならなかった。

ある朝、私はこれから始まるいじめクラスの一日を思うと、どうしても学校に行く気になれなかった。さんざん迷った末、とうとう母に訴えた。

「学校へ行きたくないんだけど」

もちろん母は「どうしたの？」といぶかしげにたずねた。けれども私はクラスのいじめの話を母に漏らす気にはどうしてもなれなかった。自分の惨めな状況を言葉にするのはつらかった。それに、母に言ってもどうにもならない、いやむしろ事態は悪くなるだけ、と漠然と予感していた。「なんでかね」と母はまた聞く。「うーん」と私は口ごもってなにも言えず、黙ってうつむいてしまった。そうして小さな声で「なんでも、どげしてもいや」といったとたん、母の声がいきなり鋭くなった。

「そんなこと言う人は神経衰弱っていう病気だよ。あんたがそんなこと言うなら、おかあちゃんはあんたを精神病院に連れて行かないけん」

精神病院という言葉にぎょっとして私は震え上がってしまった。精神病にされてはたまらないという気持ちで、頭が真っ白になった。なにがあっても学校に行かなくてはならないんだ、精神病院より学校がましだ、と私は覚悟を決めたのである。そんな私の動揺をよそに母は捨てゼリフのようにそれだけ言うと、すたすたと私の前から消えていった。

考えてみれば母は過激だった。最近の母親からしたら信じられない発言であろう。しかしきっと母は面倒くさかったのだと思う。事情があっていとこを含め、八人の子どもたちを育てていた母の日常は目のまわるような忙しさだった。私一人のひ弱な態度にふりまわされる余裕はなかったのである。これで私の孤立無援の毎日は続く。

私の救いは読書と下手なピアノ練習だった。本はたちまち私を別世界に連れて行き、恐ろしいシカト地獄を数時間忘れさせてくれた。ピアノはもちろん家にはない。放課後や休みの日に学校の音楽室のピアノを友だちと交代で使い、こつこつ練習した。音楽の楽しさは私にはまだ分からず、弾けるようになるためのその努力だけで充実していた。本を提供してくれたのは貸本屋である。田舎のことゆえ朝早くから店はあいていた。登校時に貸本屋によって、菊池寛や川端康成などの少女小説、塚原卜伝、宮本武蔵といった剣豪小説、源氏鶏太のサラリーマン小説などなど、大人向き子ども向き関係なくつぎつぎと借りた。この時期、サブ・カルチャー的な本をめったやたらに読んだのである。学校の休み時間は一分たりとも無駄にせず、この妙な読書にあて、下校時には読み終わって返却した。たしか一日五円だったと思う。学校の図書室はあきれるほど素寒貧で面白そうな本を提供してくれる場は他にはなかったのである。

私はコーラス部に入っていた。コーラスの仲間はクラス以外の友だちがたくさんいて、みんな普通に付き合ってくれた。ここで私は一息つくことができた。

家に帰れば、年上、年下の近所の友だちがいて、三、四人で紙で作った着せ替え人形遊びに没頭した。これは文句なく楽しかった。あんなに長いあいだ、いじめに耐えられたのはクラス以外の友だち関係がこんなふうに正常にあったからだとしみじみ思う。画一的な人間関係ではなく多様な関係、多様な世界が子どもにあれば、現代のいじめの問題も、子どもが極端な事態に追い詰められることはないのではなかろうか。

さてさて中学校に入ってもいじめは続いた。しかし、状況は胸がすくように急展開したのである。

中学校では大きな学区からさまざまな小学校出身の友だちがやって来る。当然今までの小学校のクラスは解体する。これで今までのいじめは自然に解消すると、私は大いに期待していた。ところが不思議なことにそうはならなかったのである。一年生の一学期、またまたあのシカトが始まった。五月の中旬ころから雰囲気が怪しくなってきた。六年のとき同じクラスだった子が三、四人いたけれど、その子たちが私の悪口を触れまわり、火をつけたのだろうか。ひたすら低姿勢で自虐的な私をいじめるのはよほど面白かったかもしれない。とにかく私には事態がのみこめなかった。

私は悩んだ末、ひとつの決心をした。他人にかかわらず一人勝ちする方法は勉強で誰にも負けないことだ。試験の点数だけは必ず一番になるぞ、と。勝負事はあれほど嫌いだったのに、とにかく憎らしいいじめグループを見返してやりたい一心でそう思った。方法はみごとに見当違いだったかもしれない。が、私は中間や期末試験の勉強に没頭した。これほど純粋な点取り虫もめずらしかっただろう。この虫はすべての科目のノートを蚕が桑を食むようにがりがりと暗記した。テストの点はみんな百点を目指していた。試験がはじまる十日も前から周到な計画と準備で毎日机に向かった。結果は上々。すべて百点というわけにはいかなかったが、初期の決意をなんとか達成することができた。今思うとこんな勉強の仕方はおよそ知的でなかった。テストが終わると覚えるのに使ったノートを破いて捨てて、「やったあ、終わったあ」と叫んで頭を空っぽにしていたのである。数学はまだしも面白かった。好きではなかった理科なんぞ、百点をとってもなにも覚えていない。馬鹿馬鹿しいといってもいい。そのことに三年生になって気づいて、自分のしてきたことのあまりの情けなさに泣いたことを覚えている。しかし幸いなことに勉強好きだったらしく、英語や国語や社会には本来の純粋な好奇心が働いて、新しい知識に想像力がフル回転し、新鮮な文章に心地良い刺激を受けた。まったくの無駄ではなかったのである。

いずれにしろこの点取り虫はシコシコとたった一人で前進する私の自己中心性の表われだったような気がする。しかし、クラスの中で一定の自信がついたことは否めない。

直接的ないじめ対策は私としては万策尽きていた。いまさら友だちに「ごめん」といってまわる気力もなく、ひたすら内側で「どうしようどうしよう」と、堂々めぐりをしていた。

さてここでSちゃんの話をしなければならない。Sちゃんはこのいじめ問題に関して、私の人生観を根本的に変える決定的な役割を果たしてくれた友だちである。Sちゃんがいなかったら私はどうなっていただろう、と、ときどき思う。

Sちゃんは小学校のコーラス部の友だちだった。クラスは別だったが、いっしょにピアノの練習もしていたので、ずっと仲がよく安心して付き合える友だちだった。大人っぽくて私にとってはちょっと保護者的な友だちでもあった。コーラスもソプラノの美声でしっかりしていたから先生に頼りにされていた。私は下手なアルト。ときどき、下校時にふたりで二重唱して帰ることもあった。歌っていると、

「せっちゃん、そこ、音程が違うっ」

とSちゃんからNGがでる。Sちゃんの耳は正確で鋭く、「じゃあ、そこ、もういっぺん」となり、ふたりは真剣に練習しながら家路に着いた。いや、私の方が練習をつけてもらっていたのである。何度やってもうまくいかないと「しょうがないねえ」とからかうように言って、アハハとSちゃんは笑い飛ばしていた。

そんなSちゃんとの仲の良い付き合いは中学校になっても揺らぐことはなかった。毎朝、登校時、私の家に誘いに来てくれて、いっしょに学校への道を歩いた。

ある日、学校の帰り、ふたりは土手道を歩いていた。私はむっつりしていた。そんな私の心

を敏感に感じ取ったのだろうか、Sちゃんは突然、こういったのである。

「せっちゃんはどうして怒らないの？」

「怒る……？」私は不意をつかれて戸惑った。

「そげだわね。あんた、なんにも悪いことないのに、クラスの人にあげな扱いされて腹が立たんかね」

怒る、怒る、怒る、と、頭の中でSちゃんの言葉がぐるぐるまわった。それまで私は私をいじめる人たちに対し、本気で怒りを感じたことがなかったのである。母親譲りの性善説が子ども心にストレートに骨身にしみていたから、いじめられるからにはきっと自分に非があるのだと、ずっとずっと思い込んでいた。怒るという言葉は私の辞書にはなかったのである。

「あんたはなんにも悪いことしとらんのに」

この言葉に私は棒で殴られたようなショックを受けた。

「そうか、私はなんにも悪いことはしとらん。悪いのはあの人たちか……」

「そげだわね」とSちゃん。

「そげな当たり前のことがなんで分からんだったかね、せっちゃんは」

そうか、Sちゃんはそう思うのか、そうか、私はなにも悪いことはないんだ、そうだったのか、となんどもうなずきながら、私の頭の中ではゆっくりと偉大なコペルニクス的転回が起こっていった。そのことに気がつくと、私は一挙に冷水をかぶったようなショックと驚きでほとんど足が止まってしまった。しかし、だんだん落ち着いてくると、なんともいえないさわやかな気持ちがこみ上げてきた。こんなに胸がすっきりとしたのは、いじめが始まった小学校五年のとき以来、二年ぶりのことだった。

「あんた、ちゃんと怒りなさいよ」Sちゃんは重ねて言った。

「怒らないと馬鹿にされるだけだよ」

「怒るって、どげすーだ……」

私は他人に向かって怒気を含んだ言葉をバーンとぶつけたことがなかったので、具体策については ちょっと困惑気味だった。

「そげなこと、面と向かってがんがん怒ればいいがね」

Sちゃんはからからと笑った。誰か友だちを前にして私ががんがん怒る——そんな場面を想像しただけで胸がどきどきした。

「しっかりね」Sちゃんは念を押すように言った。私はあとには引けないと思った。

「うん、やる。ぜったいやる」と、答えて私は唇をかんだ。

さて、怒るってどうすればいいのか、私は考えに考えた。瞬間的にその場で怒りを爆発させる能力は私にはないのだ。怒りは本来そういうものなのにそれができないとなると、話は単純ではない。私は怒りを表現する場面を計画的に準備するしかないと思った。そこで最初に手をつけたのは証拠集めだった。今、考えると陰湿でいやらしいところもあるのだが、私は一生懸命だった。私はノートを用意してそこに友だちの仕打ちをメモすることにした。たとえば、七月五日、朝、AさんBさんCさんは私の「おはよう」をまったく無視して、顔を見合わせながら、教室から出て行った。七月十一日、Dさんは机の下に落ちた消しゴムを拾ってあげたのに、「ありがとう」も言わず、ひったくるようにしてとると、そっぽ向いてしまった。こう列挙すると、いちいちくだらないなんでもないことのように思えてくるが、これが私を苦しめていたのである。一週間もすると、十人くらいのシカトの罪状が何項目も出揃った。このメモは私の頭にしっかりインプットされた。

さあ、怒りの決行をいつ、どういうふうにやるか、これもよくよく考えた。結局、月曜日の午後いちばんの体育の時間の前にすることにした。この日は体育館での授業だったから、みんな昼休みには体育着に着替え、体育館で始業のベルがなるまでてんで勝手に遊んでいた。

さあ、今だ。私は体を固くした。シカト将軍のAさんに私はつかつかと近寄って行った。私の体から異常な緊張感が放射されていたはずだ。意図しなかったのにちょっと低い、怖い声になった。「Aさん、ちょっと話があるから、こっちへきて」おめず、臆せず、声はしっかりしていた。周りの友だちが驚いたようにこちらをふりかえった。しかし、私はここ一番の背水の陣だったのだから、そんなことにかまっていられない。「こっちへきて」と、つかみかからんばかりの剣幕でAさんに迫って行った。

Aさんはびっくりしたようなきょとんとしたような顔をした。私はかまわずAさんの手をひっぱって体育館の後ろの壁のところまで連れて行った。全身から火を発するようなすごい勢いだった。Aさんはびっくりしてなにも言わず、抵抗もしなかった。Aさんを壁の前に立たせると、私は頭にインプットされていた罪状を一つ一つ確かめるように述べ立てた。そして興奮して怒気を含んだ声で言った。

「なんで、私に対してこんな態度をとったのか、理由を言いなさいよ、理由を。言えるまでそこに立ってなさい。言えなかったら、頭を下げて、私にあやまりなさい」

Aさんはどぎまぎした様子で身動きしなかった。さあ次はBさんだ。私は同じことをした。Bさんも体を固くして体育館の壁にそって立ちすくんだ。こうして私は七、八人のクラスメートを、体育館の後ろにずらりと並べてしまったのである。みんなしいんと黙っていた。

やがて、始業のベルが鳴り、先生がやってきた。先生は私の勢いにびっくりしたのか、授業を始めないで、ずっとその光景に見入っていた。

この怒りの計画的爆破の効果はすばらしかった。その日の午後からみんなの顔つきががらっと変わってきたのである。むこうから声をかけてくる友だちもいた。手のひらを返すようなその変貌に、私の方が、友人たちの人間性の不思議に首を傾げたくなるような気持ちになった。この日の放課後、たいして親しくもなかった友だちが私の家にわざわざやってきて、「○○さんが、あなたの悪口をいっとらいましたよ」と、ご注進に及んだときはびっくりした。その人だっていじめグループの一員だったのである。右から左へ人間っていやらしいものだなあ、と生まれて初めて私は人間に対する憂鬱なイメージをもった。

もちろんこの日から、長いあいだ続いたいじめの悪夢は梅雨空が晴れるようにぴったり終わった。次の日も、次の日も、みんな私に声をかけてきて、ごく普通のクラスメートになったのである。すべては終わった。私は怒りのすばらしさに酔いしれてしまった。私が悪いんじゃない。悪いのはあの人たちだったんだ。母譲りの単純な幼い性善説はこの限りではみごとに崩れ去った。私は胸を張って毎日学校に行くようになった。

それにしても、この大逆転のあまりの鮮やかさに、かすかな違和感と不可解さが私の心の底に澱《おり》のように残ったのは否めない。高校生になってから私は私をいじめた中心人物のひとりと親友になった。その人は本が好きでしっかり者で私と気があった。「なんでいじめたの?」と、あるときたずねたことがある。彼女は途方に暮れたような顔になって「わからん」とだけ答えたのである。彼女はごまかすような人ではなかったから、ほんとうに暗闇をのぞくような気持ちだったのではないだろうか。十歳から十二、三歳という思春期前期のコントロールのきかない非合理的な感情の揺れと激しさは大人の頭では理解できない暴走力があるのだろう。理由の定かでない暴走はちょっとしたきっかけで、憑き物が落ちるように止まるのかもしれない。

いずれにせよ、晴天の霹靂のように「怒る」という言葉を私の頭上に落としてくれたSちゃんに私はいまだに感謝している。一年生のときのこの勝利の体験は私の人生に決定的な刻印を残した。私はこのとき以来、人間に対し、さまざまな客観的な評価を自分なりにしてよい、という神様からの特許状をもらったような気持ちになった。これは解放だった。そして、このことは自分が立つということにかけて、私にとっては絶対に必要な過程だったに違いない。

私の飴玉読書暦

くぐり抜けてきたこと2

昭和二十年代、山陰の小さな田舎町に育ち、両親はたくさんの子どもを育てることに精一杯だった。貧しい教育設備の学校も子どもの読書指導などに目を向ける余裕はなく、実際問題としても、子どものための良書など周囲になかったのである。しかし、私は幸か不幸か本が三度の飯より好きだった。とにかく本でも雑誌でも手当たり次第に読んだ。私はかすかにしか覚えていないが、親に言わせると、幼稚園のころはいつも『サザエさん』の漫画をかかえていたらしい。小学校に入ると、貧しい家計の中から母は私たちに『少女』という雑誌を毎月取ってくれた。私はたちまち月刊『少女』に耽溺した。二年生のとき、たまった雑誌を座敷にびっしり敷き詰め、その上に這いつくばって、「おばあさんになっても『少女』を読み続けるぞ」と決心して、表紙の少女の華やかな笑顔の上を転げまわったことを覚えている。そんなことをしていたのはいったいどこの誰だったのだろう。今の私から想像すると、夢の中の幼女が霞みの粉

で編んだへその緒で私という存在とかすかにつながっているような、定かではない不思議な心情に襲われる。

『少女』に載っている少女小説は、菊池寛、堤千代、北条誠などの手によるものだった。たいていは戦争の惨禍に巻き込まれ、父を失ったかわいそうな一家の話で、私は読みながら涙し、あらゆる不幸の淵源は戦争にあることを悟り、なんで日本人は戦争を起こしたんだろう、という歯がゆい疑問に付きまとわれた。のちに六〇年安保のころ、左翼少女になっていったのもこのあたりに根っこがあるのかもしれない。それ以外は、貧しいが誠実で心根の優しい、勉強好きの少女が、派手で金持ちの意地悪な娘に冤罪をかけられて、いじめられる話などだった。身分では負けても勉強では負けないという主人公の位置が印象的で、私も勉強しようなどと真面目に思ったものである。考えて見ればこの時期の連載小説は貧困が主人公だった。漫画の中でさえ、子どもたちは家の手伝いをし、懸命に親を助けていたのである。

たまさか父が東京に出張することがあると、土産に本をねだった。その中に『小公女』と『小公子』があった。この二冊は何度読んだことだろう。『小公女』に出てくるミンチン先生という陰険な意地悪教師が憎らしくて、憎らしくて、私は挿絵に出ているミンチン先生の顔を、紙が破れんばかりに、みんな爪で引っかいてやった。七歳のころである。主人公セーラは父を失ったあと、寄宿学校の屋根裏部屋に追いやられ、下女同然に働かされた。ある夜、疲れたからだを運んで部屋にもどると、テーブルの上にすばらしいご馳走が並べられているではないか。誰の贈り物か、分からない。セーラは目を丸くする。この匿名のプレゼントは毎夜のように続くのである。私はこの奇跡のような出来事にすっかり心を奪われてしまった。その強烈な印象は今でも続いていて、ときどき、留守中に我が家の玄関先に贈り主の分からない匿名のお土産が置いてあったりすると、私は叫ぶのである。「おお、小公女現象！」

『小公子』は挿絵がすばらしかった。主人公セドリックはおかっぱ頭の似合う貴公子で、レースの襟のついたビロードの服を着ていた。かわいらしいセドリックは疑うことを知らず、子どもらしい善意で、祖父のドリンコート伯のかたくなな冷たい心を溶かしていく。私は人間への底抜けの信頼で相手を変えていくセドリックが気に入った。そんな自分の思い出から、子どもならみんなセドリックが好きになるだろうと勘違いをして、息子が四年生のとき、この本を読み聞かせに使って読み始めた。すると息子は言ったのである。「お母さん、僕こんないい子じゃないからこの本、やめて」考えてみれば、この子は大人を出し抜くいたずらっ子のトム・ソーヤーや『不思議の国のアリス』が気に入っているパロディ好きな子だった。時代の変化や子どものありようを見つめない自分の思い込みの浅はかさがしみじみ身にしみたものである。

私の子ども時代は、学校でも素直ないい子で、パロディなど通じない、ユーモアが稀薄な子だったと思う。『不思議の国のアリス』にしてから、私は子どものころはちっとも分からず、どこが面白いのかと、読み終えて索漠たる感じに襲われた。三十過ぎてから子どもたちに読んでやり、子どもたちの笑いに誘われて、いっしょに笑い、その面白さがやっと伝わってきたのである。下村湖人の『次郎物語』とか山本有三の『真実一路』など、とにかく真面目一直線の本がはやっていて、私も流行につられていくつか読んだ。学校の貧しい図書室には「まごころ」という学年別のシリーズものがずらりと並んでいて、子どもたちの善意と我慢と努力の美談が収集されていた。この本には説教が満ち満ちていて、子どもへのサービス精神がまったくなかった。さすがの私もこれは好きでなかった。しかし、考えてみれば、この真面目一本やりも当時の大人たちの子どもに対するイデオロギー教育だったのではないだろうか。私はまんまとしてやられた組であるが、時代の波にさらわれる子どもたちがそこを抜けるには、意識的な大人との出会いなしには不可能だっただろう。ユーモアを楽しむにはある種の訓練が必要なのは言うまでもない。

『少女』以外の私の読書の糧は貸本屋にあった。一日、貸本代が五円だったころである。貸本屋は通俗、大衆小説の海だった。私はまず少女小説に読みふけった。自分の思い出のために、たまたま手に入った西条八十の『悲しき草笛』という本が今でも私の本棚に眠っている。どんなものだったのだろうと、大人になってから、ふと気が動いて読み出し、吹き出してしまった。貧乏で楚々たる美しさが白百合にたとえられている主人公は、たまたま東大生という触れ込みの青年に出会い、詩を読んでもらう。そのとき、この東大生が言うのである。「きみ、西条八十っていう詩人を知っている？　これはその人の詩なんだ」自分の小説の中に自分の詩をこういう風に登場させて恬淡としている西条八十の図々しさにギョッとしてしまった。当時、捨てるほど書かれ、みんな忘れ去られてしまった少女小説なるものがいかに手軽に、子どもを馬鹿にして作られていたのか、このエピソードからも髣髴とする。勉強ができて、貧乏から脱却する予兆が見えさえすれば、物語はめでたく終わる。だから私はどれひとつとしてスジというものを覚えてないのである。私は時代のイデオロギーの海に浮かんでいるだけだった。それでも読んだということはどういうことだったのだろうか。それは価値観や人間観の違う世界との邂逅がほとんどなかったせいではないだろうか。私はあとになって一九五〇年に発刊された岩波少年文庫の『発刊に際して』という文章を読んで胸を打たれた。

幸いに世界文学の宝庫には、少年たちへの温い愛情をモティーフとして生まれ、歳月を経てその価値を減ぜず、国境を越えて人に訴える、優れた作品が数多く収められ、また名だたる巨匠の作品で、少年たちにも理解し得る一面を備えたものも、けっして乏しくはない。私たちは、この宝庫をさぐって、かかる名作を逐次、美しい日本語に移して、彼らに贈りたいと思う。

不幸なことに「岩波少年文庫」の存在を知っている大人は私の周囲には一人もいなかった。まったく一人も。

そのころ、私は『少年講談全集』という子ども用の講談本も読んだ。それには、今でいう、オヤジギャグ的な笑いがあちこちにばらまかれていたが、本で笑えるのがうれしくて、私は素直にゲラゲラ笑っていた。その後、私は大人の時代小説にも手を出すようになった。小学校の高学年になると、五味康祐の剣豪小説、吉川英治の『宮本武蔵』や『太閤記』、『新平家物語』などを夢中で読んだ。木村荘八の『織田信長』、『徳川家康』も魅力的だった。いずれにせよ、この手の時代小説の祖型は寄席の講談にあるのではないだろうか。パン、パパン、パンパンと扇子で調子をとって、タッタ、タッタと前進する日本語のリズムがあった。それは体に心地よくぐいぐい読めたのである。聞くところによると、漱石も寄席の講談に通いつめ、そのリズムを文体の底に置き、鏡子夫人の『漱石の思い出』によれば、クックと忍び笑いをしながら『吾輩は猫である』を書いたらしい。

もっとエンターテインメントに徹した時代小説、山手樹一郎の『桃太郎侍』なども読んだ。これは学校の校庭で夜、ただで上映された「水戸黄門」の映画のようなものだと子ども心に思った。危機に陥った姫様を助けるべく、全速力で馬を駆る主人公に「早ことーっ」と叫んで、夜風に波打つスクリーンに向かって子どもたちは一斉に拍手をしたものである。

野村胡堂の『銭形平次捕り物帳』も楽しかった。こんな本を何冊も読んでも、同じ構成、同じような登場人物がでてくるのだったが、「水戸黄門」が何十年も庶民のあいだで人気を博しているのと同じ理由があったのだろう。私は飽くことなく同じ刺激を求め、現実から離れてわくわくしつつも、通俗小説という大きな安心を受け止める手のひらの上で、人生いかに生くべきか、などという問題を抜きに、物語を楽しんでいたと思う。

現代小説だと林房雄、佐々木邦などのユーモア小説、源氏鶏太のサラリーマン小説なども好きだった。これらの小説のテーマは恋愛もあったがむしろ縁談が主だったような気がする。男も女も成人したら結婚するものだというイデオロギーが固く信じられ、結婚をゴールとする人と人との出会いや奇縁が小説に仕立てられていた。私は当然のことながらそれになんの違和感も感ぜず、大人になったら見合いではなく、多少のドラマを演じつつ、結婚しよう、と思っていた。

横溝正史の金田一ものもよく読んだ。夏の酷暑の日、ことさら西日のあたる暑い部屋に陣取り、これで暑さを本当に忘れられるか、という賭けのような気持ちで『獄門島』などを読んだものだ。ぬめっとした日本的な湿度を感じる気持ち悪さがあったが、そんな特異な雰囲気も怖いもの見たさの好奇心でよく読んだ。エロ・グロといわれる趣味の片鱗もこの本で体験したような気がする。最終章がいつも「大団円」という、子ども心には奇妙な言葉だったのが印象的だった。

こんな調子では古典的な生命をもつ本に全然触れなかったかと思われるかもしれないが、さにあらず、私は本を差別しない雑食派だったのである。たまたま家にあった漱石の『三四郎』や『吾輩は猫である』なども分からないところは読み飛ばしつつ、それなりに楽しんで読んだ。『三四郎』に出てくるストレイ・シープ（迷える羊）という言葉に惹かれ、思い出すと、気恥ずかしいが、ノートに「ストレイ・シープ」「ストレイ・シープ」と何回も書いたりしていた。近所の親戚の家に『モンテ・クリスト伯』を見つけ、読み出したら面白くて止まらなくなり、何時間も居座っておばさんにあきれられた。友だちのうちで読んだ『ジェーン・エア』も印象的だった。その家の暗い二階の格子戸のそばで読んでいて、幽霊のような女が出てきたときは、格子戸がのしかかってくるようでぞっとした。

さすがに六年生になると、もう「少女」はとっくに卒業。私たちは母にねだって、たまに「少年少女世界文学全集」を買ってもらった。『少女パレアナ』の徹底的なオプティミズムとプラス志向に、なるほどと感心したが、一方でそううまくいくものかなあ、という疑問も掠めた。その疑問は今までの読書の中では味わったことのない感触だった。ジョルジュ・サンドの『愛の妖精』にも心を奪われた。鬼火のような野生的な女の子が病身でひねくれた男の子の心を癒し、健康にしていく話は感動的だった。『ロビンソン・クルーソー漂流記』などにも出会った。ダイジェスト版だが、今読んでも南洋一郎の翻案訳は名文である。のちに瀬田貞二が『絵本論』の中でその技量を褒めちぎっていた樺山勝一の緻密きわまる挿絵に目を見張った。この全集に含まれていたかどうか記憶が定かでないが、『家なき娘』も大好きで、ロビンソン・クルーソー同様、自身の智恵と才覚で身の周りのなんでもない自然のものから生活の道具を作り出していく過程がたまらなく魅力的だった。この本のヒロインは池のほとりの荒れた猟師小屋を勝手に家にして、葦で靴を編んだりする。私は巣づくり本能と自立への憧れをいたく刺激された。

が、それにしても読書の主流は通俗小説。暇にまかせ、ストーリーの起伏に身をまかせ、はらはら、どきどきし、中学一年生まで読みに読んだ。そんな読書は私にとっては勉強や教養とは程遠いもので、おやつの楽しみになめる飴玉のようなものだった。飴玉はキャラメルだったり、芋あめだったり、ドロップスだったり、いろんな甘い味がしたものである。

通俗小説の海から私を救い出したのは、皮肉なことにその最たる作品だった。柴田錬三郎の『眠狂四郎無頼控』。これを手にして今まで出会ったことのない、露骨なエロ描写に出会い、うろたえてしまった。こんなものを読んでいたら堕落してしまうと、私は真剣に思った。そのとき、もういい、くだらない大衆小説を読むのはやめようと固く決心したのである。画期的なことだったが、決意の問題というより私自身の成長の道筋での自然な選択でもあったかもしれない。一年生のときだったと思う。

ちょうどそのころ、貸本屋のおじさんが「あんたは感心するほど本をよく読むから、特別に貸してあげる」といって店の奥の座敷に案内してくれた。そこには文庫本をハードカヴァーにした学校図書館用の本がぎっしり詰まった背の低い本棚があった。私はそこで島崎藤村の『破戒』を借りて読んだ。この本で部落差別についてのリアルな感覚を初めて持った。次に『夜明け前』を借りた。ところがこれが一向に前に進まない。明治維新のころの平田神道などイメージも興味もなく、話についていけなくて、とうとう途中で投げ出した。「私に読めない本があるんだ」という事実に初めて直面して、自分でもそうとうショックを受けた。バルザックの『ウージェニー・グランデ』にも往生した。恋に身を焼く純情な娘が裏切られ、だんだん心が冷えて、最後には自分の母親そっくりの田舎の冷酷な中年女になっていく話だ。これも最後まで読み通すのに、相当心理的な抵抗感があった。ハッピー・エンドになれていた私は、主人公の過酷な人間的な真実に感情移入できなかったのである。この二つの挫折はなかなか意味が深かったと思う。人間の真実の姿を追究する文学の大道を渡っていくのは並大抵のことではない、となんとなく私に予感させたのであるから。

二年生のときは通俗小説を蹴飛ばしてしまった反動もあったのか、めずらしく本から離れていた。三年の後半になって、私は自分が中学校でやってきた、いじめ撃退のための点取り虫的ガリ勉がいやになり、ダメだダメだと自分を責めて、親友の前でセンチメンタルに泣いたりした。幼いながら、本当の勉強をしたいなあと思ったのだろう。それから私は世界と日本の名作文学を読むんだ、と決心した。最初に読んだのがチェーホフの『桜の園』だった。読むには読んだけれど面白くなかった。霧の中を迷うようで血は沸かないし、チェーホフのけだるい悲哀だけが胸に迫って、私は戸惑った。そしてやたらと寂しかった。

こうして私は今度もめくらめっぽう、当時の教養主義の海に飛び込んでいったのである。読書はそれまでとはまったく違う様相で迫ってきた。こんな読書歴をもった高校生の私にはトルストイやドストエフスキーは八千メートル級の登山のようで、途中、酸素不足で喘ぎ、喘ぎ、やっとこ登る始末だった。この喘ぎから完全に解放されたのは三十過ぎてからのことだったのである。

今、この年齢になって、十歳前後の自分の四、五年間の通俗小説体験はいったいなんだったのだろうか、と考えてしまう。読書を導いてくれる大人が周囲にいてくれたら、あんな無駄な時間を費やさなかったのに、という思いもよぎるけれど、まてまて、単なる無駄ではなかったのではないか、という気持ちもある。あれだけ夢中になったことだから、今の私の中にどこかで生きているに違いない。どう生きているのだろうか。

ひとつは本というものの物心崇拝が見事に破られたことだろう。私の飴玉読書体験は、なにかのためになるとか、人間の成長に役に立つとか、大人が子どもにすすめる教育的配慮からの読書の価値とは無縁の読書だった。子どもの私の読書には自由と自発性があった。読んだ本は玉石混交、いや、石ばかりでなかなか玉にあえなかったけれど、学校の読書推進運動などに左右されず、好きな本を好きなように読んだ。その結果、本だからといってすべてありがたい良い本だなんてことはありえない、という当たり前のことが体の奥にまで浸透したのである。私が主催している児童文学の読書会などで、意見を言うとき、なにが本当に優れた本か、自分なりの判断力を必要とする緊張した思いはいつでもつきまとっている。

次には、体まるごと持っていかれる楽しみの味を覚えたことである。本は役に立つから読むものではない。面白いから、楽しいから、この現実から身を躍らせて、見も知らぬ世界をはらはらどきどき体験させてくれる魔法の世界に連れて行ってくれるから読むのである。それは至福の時間だった。

この二つのことは三十代になってから絵本のテキストを作り始めた私の創作の土台になっていったような気がする。子ども時代が長かった私には、子どもへの親しさが体に染み付いている。子どもの目の輝きを正面から受け止める感覚は飴玉読書の遺産かもしれない。

ふるさと回帰

第二の自然としての小津映画

小津安二郎の映画について書きたい。小津には十年来はまっていて、好きな映画は十回以上は確実に見ている。夫や息子も私がビデオやＤＶＤをかけるたびに「またか」という顔であきれているのである。

最初のきっかけは、やっぱり軽々しい好奇心だった。児童文学者の斎藤惇夫氏がなにかの会合のあと、巣鴨駅前の雑踏の中で私にささやいた。

「日本の映画人の中で小津ほど反戦をつらぬいた人はいないですよ」

私は小津の映画などろくすっぽ見たことがなかった。漠然ともっていた小津映画のイメージは原節子の顔に代表されるブルジョワ的ホーム・ドラマであり、「反戦」などというごっつい言葉とは無縁だった。

「えっ、どうして？」という私の単純な反応は斎藤氏には計算済みだったのだろう。にやにや

しながら「まあ、見てごらんなさい」と、なぞかけのような口ぶりで、うれしそうに『秋刀魚の味』に出てくる岸田今日子のかわいいこと」などと、のたもうた。

翌日、私は軽率にも近くのレンタル・ビデオ屋に走った。『秋刀魚の味』はなかったので、かわりに『麦秋』を借りてきた。これがいっさいの始まりである。それから一週間くらい、次から次へと小津映画を借りまくり、ついにはビデオをあがない、見たいものは家でいつでも見られるシアワセを買った。このシアワセは斎藤氏の言葉かけがきっかけだったけれど、結局「反戦」などという問題意識はふっとんでしまった。

私はいったいなににとらわれたのだろうか。最初はともかく、二度目からはストーリーの展開にはほとんど興味がない、といってもいいだろう。さもなければ音楽のようにこんなに何度も同じ映画を見られるわけがない。私がいちばんよく見るのは『麦秋』『晩春』『お茶漬の味』『東京物語』『お早よう』である。これは私的には五つ星。次によく見るのは『彼岸花』『秋日和』『秋刀魚の味』『小早川家の秋』『戸田家の兄妹』だ。これらはまあ四つ星か三つ星。このうちの半数以上は、娘の結婚話が主題だ。現代の目で見ると、そのストーリーの馬鹿馬鹿しさは否めない。上野千鶴子が一九六〇年代の後半に女性の結婚率は瞬間最大風速を記録した、といっている。私はそのころ東京に出て、学生で、銭湯に通っていたけれど、年上の女性の裸を見ながら、この人たちはほとんど例外なく、みんな結婚してるんだ、と思って妙な感慨にふけった記憶がある。

『麦秋』で既婚の女がふたり、未婚の女がふたり、喫茶店で、背骨がこそばゆくなるような論争をする。

「結婚してみなければ人間の本当の幸せなんかわかんない」

「結婚なんて楽しい予想よ。競馬に行く前の晩のようなものよ」

そのころ二十代の半ばだった長女がたまたまこの場面をいっしょに見ていて、小津独特のセリフまわしの不自然さもあって、しまいには吹き出してしまった。

「結婚、結婚、ってなによ、この映画は――。そんなに結婚が重大問題だったの?」といい、しばらく見ていて、「でも、結婚がそのまま幸せへの道ではないことは、わかっているみたいね」とつぶやいた。私は長女のこの言葉が忘れられない。小津映画のストーリーの内容はこの発言に尽くされていると思うのだ。

現代からすれば時代錯誤のストーリーでも、なおかつ何度も繰り返して見る魅力はどこにあるのだろうか。私の好きな『晩春』は一九四九年の作品で私はそのとき五歳。『麦秋』は一九五一年、私は七歳である。他の作品もほぼ十五歳までの作品だ。幼少期から思春期にかけて、私の好きな小津の映画は作られている。そのころ私は日本海を背にした山陰の田舎町で育ちつつある子どもだった。

子ども時代をふり返る目はいつごろ目を醒ますのだろうか。私の場合は三十代になって、からだった。私は子どもを育てながら、保育士の仕事をしていて、職場に自転車で通っていた。通勤の行き帰り、路傍の草花や、近所の梅やさくらの年々歳々の開花に自分でも驚くほど心惹かれるようになった。周囲の植物への目は脳裏で自分の子ども時代の遊び空間の木々や草花と響きあっていたようだ。ある年の春、自転車を降りて、子どものころのように、ヨモギ摘みをし、母やお手伝いさんが作ってくれた草餅を自分でも作ろうとしたことがあった。りっぱなヨモギがいいのだと思って、ふさふさと大きいヨモギを摘んで帰った。料理本を見ながら試みたら、ゆでようと、包丁でたたっ切ろうと、ヨモギの繊維の固いこと、固いこと。結局、食べられなかった、という苦笑ものの思い出がある。大きいものがいいというのはいかにも子どもの発想だ。しかもそれで草餅を作ろうとした。結局、私の中の子どもと大人がうまくつながらなかったということかもしれない。今でもほやほやの産毛の生えたかわいい赤ちゃんのようなヨモギを見ると、こんなのが良かったのに、あのときは知らなかったな、とちょっぴり悔しい思いがぶり返す。

子どものころはなにも思わず、そのもとでただ遊んでいただけの木や草花を眼前の東京郊外の緑の中に見出すと、私の心は遊び出す。ざくろの花が散れば糸でつないで首飾りを作ったことを思い出す。スベリヒユの太い紫の茎を見ると、三センチぐらいに切ってそれに松葉をさして、アイスキャンデーを作ったこと。槙の実の深紅と緑の二色だんご。ちょっと反り返りのあるくすのきの葉は、香りの良いままごとのお皿だった。

三十代、わが子とともに暮らすようになり、もう一度、自分の子ども時代をなぞるような心持ちが生じたのだろうか。そういう気持ちもあるかもしれない。実際子どもたちに、おおばこの茎で相撲を取ることなど、いくつか遊びを教えたこともある。が、小津の映画を見ていると、その心持ちは子育てという一時期を超えてもっと広く大きい気がする。自然が私を子ども時代に導いたように、小津の映画は第二の自然として私に新鮮な子ども時代の目をとりもどさせるような気がするのだ。そしてそのことは私の生命力の活性化、現代の騒音や鬱積の鎮静化の作用をすると思う。

人間はそれぞれタイプが違う。私の夫などは文句なしの黒澤明ファンで、小津など歯牙にもかけない。山田風太郎も大の黒澤ファンであった。きっとそれはその人間の生き方によるのだろう。外に向かって刺激を求め、ストーリーに身をゆだねてエネルギーの燃焼を求めるか、それとも内に向かって静かに燃えるか、性格の違いといってもいい。最初に見た『麦秋』が筋らしい筋もなく、時代の静かな日常生活を描いていたことが、私にとっては幸いだった。

昨日、何十回目だろうか、『麦秋』を見直した。子ども時代のさまざまな暮らしの細部がありありとよみがえる。

たとえば、服装。原節子と三宅邦子の白いブラウスに毛糸のカーディガン。スカートのウエストはがっちり太く、健康そのもの。今ならダイエットをすすめられるところだと思うと、この時代の健全さがあらためて感じられる。

子どものころ、近くの畳屋さんのお姉さんはがっちりタイプでとてもおしゃれだった。白い綿のブラウスにばりっと糊をきかせ、その上によくカーディガンを羽織っていた。私はブラウスのぴんとはった真っ白いエリをお姉さんの若さの象徴のように、いつもまぶしく見ていた。先日帰省したら、たまたま里帰りでもしたのだろうか、このお姉さんに出会ってびっくり。立派な老人になっていて気が遠くなった。「まあ、せっちゃん」といって絶句した相手もきっと気が遠くなったことだろう。映画の原節子は今でも鎌倉で健在らしい。立派な老人ぶりを想像すると、映画がファンタジーなのか、現実がファンタジーなのか、時間の作用は摩訶不思議だ。

映画に登場する男の子が着ているセーター。胸元に五センチくらいの幅で横一文字に色違いの毛糸でアクセントがつけてある。手編みが多かったそのころ、それがいちばんかんたんなデザインだったのかもしれない。小さかった私の弟も映画の男の子と同じようなセーターを着ていた。もちろん母が編んだものである。私が男の子を生んだら、孫のために母はまたセーターを編んでくれた。グレイの毛糸で胸元には小豆色の横一文字が入っているではないか。息子が大きくなって着られなくなってもこれだけは人にもやらず、箪笥の底にしまってある。映画を見るたびに箪笥の底のセーターに思いが飛ぶ。

食事の場面。台所とは別の座敷で食べる。おひつも味噌汁のなべもそこへ運ばれる。ちゃぶ台にむかって子どもたちも正座して食べる。大和から遊びに来た老人、祖父の兄に「バカ」と言ったりするやんちゃ坊主の兄弟だが、食べるときは姿勢よくちゃんと正座してご飯をかき込んでいる。足の裏がきれいに両足見えている。

私たちの食事もそうだった。座ることはあたりまえに正座だったのだ。台所の近くの座敷に、その昔、卓球台だったという大きなまるいちゃぶ台をすえて、大勢の子どもたちがいっせいに座って朝ごはんを食べた。

原節子がわきにどっかりおひつを置いて、体をちょっと斜《はす》にしてしゃもじで盛大にごはんを盛る。その体のひねり方を見ていると、同じことをしてくれた若かった母を思い出してしまう。おひつは田舎の言葉では「ハンボ」といった。はがまで炊いたご飯をハンボにうつして食卓の近くに運んだものだ。

三宅邦子がちょっと背伸びして電灯を消す。壁のスイッチも紐もない。電灯の笠の上、ソケットに付属している小さなしじみ蝶の羽根のような黒いねじをひねって消すのだ。あれには子どもの私は手が届かなかった。父や母が電灯を切るときの背筋の伸びた姿勢を思い出す。

「お父さま、お湯加減はいかがですか」と、三宅邦子が風呂場の外から声をかける。このセリフは、東京弁と出雲弁の違いはあるけれど、毎日、母やお手伝いさんが祖父や父に言っていたものだ。私たち子どもも「湯加減はどげなかね？」とよく聞かれた。熱すぎると、バケツに汲み置いた水をひしゃくで湯船に入れたものだ。

映画で男の子が東山千栄子演ずるおばあさんの肩たたきをする。「一、二、三、四……」と、数えながら。私も祖父の肩をゲンコツでよくたたいたものだ。たたき終えると祖父が「小遣い、やらにゃいけんの。なんぼやるだ？　十円か」などといった。私は農地改革後の家の経済状態をうすうす知っていたので、いつも「えね、えね」といって遠慮した。

東山千栄子はラジオの「尋ね人の時間」を聞いている。次男が戦地から帰ってこないのだ。「いやあ、もうあれは帰ってこないですよ」と、夫の菅井一郎が杉村春子に言う。

「尋ね人の時間」は夕方四時か五時ごろだったような記憶が私にはある。遊びつかれて畳の上にごろんとなっていると、ラジオから「昭和十九年、ハルピンの××に住んでいらっしゃった〇〇さん、同級生の〇〇さんが探していらっしゃいます」などと女のアナウンサーの声が流れてきたものだ。たくさんの行方不明者を尋ね、たくさんの大人たちが互いに互いを求め合っていた。空中に無数の魂の線が交差するような気持ちで聞いていたものだ。

昨日見て初めて気づいたこと。家族全員が集まる朝食の間の左隅に炭籠がぼんやり映っていた。火鉢の炭なのだろう、山盛りに黒い炭が盛ってある。「あら、あんなところに炭籠が」と、私は思わず声に出して言ってしまった。何度も見ているのにいまだにこんな発見があるのが小津の映画なのだ。子どものころ、冬季には炭籠は火鉢やこたつのあいだを一日に何度も往復したものだ。突然炭の匂いを思い出した。

こんなふうに映像を見ながら、私の意識ははるかな子ども時代の暮らしの中へとさかのぼってゆく。それだけではなく、映画と私の意識との交互作用が、思わず知らず眠っていた私の意識の閾《しきい》を押し広げてくれるのだ。私は少しだけ豊かになった気がする。しかも、その作用には強引なところがひとつもない。あるのは品位と静けさなのだ。

そのことをいちばん感じさせるのは緑に包まれた北鎌倉の駅のホームの場面。まず、子どもがいない。電車通学をするような子は当時、ほとんどいなかったのかもしれない。大人がシルエットをなして、三々五々、たっている。その空気には、現代の通勤のホームにありがちなあせりや押さえ込んだような熱気がない。当時、人間の数が圧倒的に少なかった、といえばみもふたもないが、小津は別の映画で若者の喚声が響き、人間が右往左往するにぎやかな上野駅のホームも描いている（『東京暮色』）。北鎌倉の駅の雰囲気は意識的な小津の作品なのだ。映像は嘘のように透明で、静かだ。ホームに立つ後ろ姿の原節子のスカートの裾があるかなしかの風に揺れ、朝の空気のさわやかさが伝わる。やがて、しっとりした足取りで、兄の同僚の二本柳寛に近づく。原節子と二本柳寛との会話。

「面白いですねえ、チボー家の人々」
「どこまでお読みになった?」
「まだ四巻目の半分です」

『チボー家の人々』が今の村上春樹のように読まれていた時代があったのだ。どちらがどうという話ではないが、駅のホームでのこの短い会話の中に出てくる『チボー家の人々』は確実にひとつの時代の雰囲気を伝えている。私はこの本を大人になるまで読まなかった。しかし、思春期にこの本のタイトルへの憧れのようなものをずっと胸の奥にもっていたような気がする。駅のホームの品の良い静けさとこの小説の登場はこの時代を、ある切り口で切ったときに見える知的な芯のようなものを感じさせ、私はちょっと目が覚める。

こんな静けさと品の良さはこの映画の通奏低音になっていて、『麦秋』は私の第二の自然になっている。今、まぶしい夏の空に映える夾竹桃や百日紅などを見上げているのと同じような気持ち。しまいには画面を見ても見なくても、ただ映画を流しているだけで私は体内に新しい血流が流れ込んでくるのを感じるのである。

しかし、その時代の暮らしを描く映画なら、すべて私にこんな作用を及ぼすか、といえばとんでもない話だ。小津の画面の芸術的な美しさなしに私は決して反応しなかっただろう。ポエジーとしての映像。それは時代を超え国境を越え、さまざまな人に影響を及ぼしている。

小津映画とフェルメール

小津映画を十年近くくり返し見てきて、毎回、胸のときめく場面があるのだが、それは部分的なシーンで、映画が始まったとたん、私を包むあの透明な空気、全体を流れている、五臓六腑がしーんとなっていくあの直接的な鎮静作用をどう表現したらいいのだろうか……。

ここで、仮説としてずいぶん前から感じていることを、思い切って打ち出してもよいではないか、という気持ちが、私の中でだんだん昂じてくる。私は学者でも研究者でもない。ただどうしようもなく小津映画が好きなだけである。ここで言おうとしていることは私自身の仮説であり、比喩でもあることを前提にちょっと気息を整えて始めることにする。

とっぴなようだが、仮説のキー・ポイントはオランダの十七世紀の画家、ヨハネス・フェルメールである。私はフェルメールの絵を見ていると小津映画を、小津映画を見ているとフェルメールを感じてしまう。この不思議な交互作用の体験の根拠はどこにあるのか、今回はそこを考えてみたい。

大きく言えば、フェルメールの絵が伝統的な宗教画ではなく、普通の市民の暮らしの一瞬が室内で捉えられていることだと思う。小津の映画も圧倒的に室内の撮影が多い。

室内——これは大空や海や大地の広がりと違って、人間の身体を包囲する立体的な額縁がある、ということ。その額縁は部屋という立体空間の内側である。フェルメールの絵のほとんどは壁と壁が九十度に交わる部屋の隅が構図の中におさめられていて、それがあまり大きくない部屋の中であることが私たちに伝わる。

たいてい左手に窓があって、そこから光が差し込んでいる。図版で示せないのが残念だが、この構図は、「ワイングラスを持つ娘」「中断されたレッスン」「ぶどう酒のグラス」「兵士と笑う娘」など、枚挙にいとまがないほどだ。有名な「牛乳を注ぐ女」の部屋の窓などもそうで、窓には日本の障子のサンとそっくりの縦横の格子が走っている。他の絵にもこの格子窓はたくさん出てきて縦、横のリズミカルな線が窓枠の重さを軽くし、楽譜でいうと、十六分音符ぐらいな軽い音楽を画面全体に送り込んでいるような気がする。

正面の壁には絵が一枚、あるいは数枚、あるいは大きな地図が置かれていることが多く、これが遠近法で先細りになっている窓とは対照的にばっちりと正面からの長方形で陣取っている。それ以外にも、楽器やいすの背や机など、ニュアンスの違う四角形がさりげなく、しかし、絶妙のバランスで置かれている。壁に囲まれた部屋の中の四角は大小さまざま、これまた幾何学的な音楽を奏でているように思える。イギリスの美術史家、ケネス・クラークはＢＢＣ放送でのテレビ出演の際の彼自身のナレーションを『芸術と文明』(法政大学出版局)という本にまとめているのだが、その中で、フェルメールのこの絵画的な技をアブストラクト・デザインの傑作として讃え、同じオランダ出身の三百年後の現代画家ピエト・モンドリアンを思い出す、と言っている。フェルメールがモンドリアンの色彩豊かな格子縞の遠つ祖だったのか、と、あらためて私はフェルメールの構図を眺めなおした。そして、気がついたこと。それは、決して部屋が斜めからゆがんだ角度で捉えられることがないこと、つまり、正面の壁と絵を見る人の視線がきっちり垂直になるようにできていることである。モンドリアンに伝わったアブストラクト・デザインはこの正面性抜きには考えられない。

この正面性のことを考えていたら、私は絵本作家ディック・ブルーナのことに思い至った。まっすぐこちらを見ている「うさこちゃん」。ブルーナの絵本にはまぎれもなく正面性がつらぬかれている。彼もオランダの人だ。色彩もふくめ、ブルーナの絵本にはどこかしら静けさがあると思っていたのだが、フェルメール、モンドリアンの伝統につながっていたのか、とひそかにうなずいてしまった。

小津映画の室内。あらためて『麦秋』を見て、いろいろ確かめた。廊下にしろ、部屋にしろ、人物は基本的に縦長の奥行きのある部屋の中に置かれている。その奥行きの遠近法に正面性が働いている。画面を正面から見つめる観客の目はそれにしたがってずれることがないのだ。二間続きの和室はあいだのふすまが、そして廊下と座敷の境の障子が、つねに開け放たれている。手前のふすまと次の間のふすまは短い距離を置いて大小の長方形の二重奏を奏で、まっすぐ遠近法を際立たせている。それに障子が重なれば、縦横のサンの美しい文様をもつ長方形がいちばん奥の左右にくる。今回『麦秋』を見ていて初めて気づいたのだが、このふすまの下の角と接しながら、いくつかのたたみのへりの線がつながって、遠近法そのままにまっすぐ中央への奥行きを示している。小津は座布団の柄の走り方にも注意して、その置き方に神経を配った、といわれているが、それはこの部屋の中の正面性の秩序を乱すことがないように、という配慮だったのだと思う。そのほか日本家屋の欄間、箪笥などの家具、みんなフェルメールと同様、幾何学的な音楽の材料になっている。

小津の場合、正面は庭に面した縁側が水平にあり、そのむこうの庭はやけに寸詰まりの小庭で、塀が立ちふさがっている。私は小津映画を見始めたころ、この庭を見ると、いつもいらいらした。裏日本で純粋な日本家屋を環境にして育った私は、庭というものを部屋からほっと息をついで眺めるものとして、いわば、閉じられた空間から空や樹木のある自然に、まがりなりにも目で身体を解放する場として受け止めてきた。田舎の家の庭は広いから、などといわないではしい。都会の猫の額ほどの庭でも、視線の角度で空や緑を得ることができるのだ。しかし、小津映画では一階の縁側から人間が庭や空を眺めるシーンはほとんどない。『彼岸花』で山本富士子がちょっと眺めて「京都の空と東京の空は違いまんなあ」などというけれど、カメラは空を捉えない。小津映画の塀はあくまで視線をさえぎるように立ちふさがっている。私はその閉塞感がたまらなかった。しかし、回を重ねて見ていくうちに分かってきた。これは奥行きを感じさせるための空間ではない、と。つまり、フェルメールの正面の壁に等しいものであるということが分かってきたのだ。フェルメールはそこに絵画や地図を置いた。小津は庭という日本家屋の形式を置いた。この庭はいつも四角の額縁に囲まれて「部屋にのぞんでいる庭」という名の絵のようなものなのだ。

小津とフェルメールの光の使い方も考えてみよう。小津の正面の庭はほとんどドラマチックな光源にはならない。スタジオ撮影の照明は部屋の内部をほとんどニュートラルな均質な光で満たしている。フェルメールの場合、左手の窓からの光は決定的に重要だ。光の焦点に登場人物の心理的なドラマがくっきり、浮き立つ。「牛乳を注ぐ女」では女の視線は壺から流れ出る牛乳にじっと注がれ、牛乳は窓からの光を受けて、細く白く、光るような存在感を与えられている(「牛乳を注ぐ女」の幾何学はちょっと変わっていて入道雲のような半円が重なる面白い構成をもっているのだが、その話にここで分け入るわけにはいかない)。

「窓辺で手紙を読む女」あるいは「手紙を書く婦人と召使い」は女の視線と手紙が窓からの光を受けてひとつになり、そこから彼女の内面のドラマが静かに流れ出る。光と意識の集中力の統一、そして、人物を包んでいる絵画の世界の構図、絶妙なバランスできちんと美的に整理された幾何学的な構図の音楽がフェルメールの絵の静けさの根拠なのだと思う。登場人物の内面の意識は幾何学的な秩序の中に沈潜する。それは意識という言葉を超えて、人間の理性といったものとはるかに響きあっているような気がしてならない。意識といってしまえば幅広く、情念の喜怒哀楽も含むだろうが、フェルメールの絵には人間の意識の営みのうちのもっとも秩序だった部分に光が当たっている。つまり、世界に秩序を与え、自らも秩序にそって静かに安定していく理性の働きといったものがあるような気がする。フェルメールの絵に「地理学者」や「天文学者」の絵があるのも、むべなるかな、と思ってしまう。

さきほどひいたケネス・クラークの「だだっぴろい部屋で偉大な思想が生まれたことはない」という言葉は印象的で忘れられない。フェルメールの小さな部屋の幾何学的秩序と光と人間の思惟の集中力は静寂の中で一体となって、人間と自然の真実を追究する条件を満たしているのだと私は思う。彼は自然哲学者、スピノザと同じ国に生まれ、しかも同時代人なのだ。

小津の場合、条件は天と地ほども違う。フェルメールと共通するのは幾何学的な音楽だけ、といってもいい。しかし、そうはいっても、映像として光の効果は当然伴ってくる。

光が意識されるのはモノクロが多く、ちゃんと心理的に利用されている。たとえば『晩春』の終幕に差しかかるシーン、京都の宿屋の部屋。笠智衆の父と原節子の娘がきちんと床を並べている。娘は結婚を躊躇し、心にあふれるものを抑えきれず、父に問いかけようとするが、父は眠ったふりをしている。暗い室内に腰の低いところから障子を透かして光が入り、障子越しに庭の竹のシルエットが揺れる。その揺れが娘の心の動揺と重なり合う。もちろんセリフもないし、音楽もない。静かだ。ここで一転、カメラは人物を離れ、光は床の間に置かれた壺にあたる。周囲の音楽的な直線と壺が、月光かとまがう光の中で静かに浮き上がる。ほんの一瞬だけれど、私はいつもこの場面を心待ちにしている。大げさかもしれないが、この光が私には小津の人生観を象徴しているような気がしてならない。

人生というものは多端紛雑きわまりないし、いろいろ不条理なものだ。しかし、息を呑むような一瞬の〈美〉によって映画を見る人も、作る自分も救済されるかもしれない、と彼は考えていたのではないだろうか。「なんでもないことは流行に従う。重大なことは道徳に従う。芸術のことは自分に従う」という小津の有名な言葉があるが、彼がいちばん言いたかったのはもちろん「芸術のことは自分に従う」というところだと思う。ではなにを芸術と考えていたのか、私はそれを即、映画全体とはいえないような気がする。映画は松竹という会社の利益を無視してはできなかったのだ。利益は大衆が相手だった。とすると、彼がいちばん自由に芸術に没頭できるのは、映像の一瞬、一瞬の美しさではなかろうか。彼がフェルメールを意識していたとはとうてい思えないが、小津はフェルメールのようにその美の中に人間の意識を鎮める映像の絵を描きたかったのだ、と私は言いたい。

フェルメールも小津も部屋という幾何学的構成が人間を包んでいる。幾何学的構成などというとなんだか理知的で冷たい感じがするかもしれないけれど、部屋は暮らしの場であり、人間の命を支えるさまざまな暖かいものがそこには置かれている。フェルメールの「牛乳を注ぐ女」のテーブルの上のパンのおいしそうなこと。壁にかかった把手のついている真鍮の容器。磨きぬかれて、黄金色に光っている。これを手でかくしてみると、この女が放つ時間を越えた聖性が、潮が引くように引いてしまうから驚く。

小津の映画でも室内のしつらえ、小物たちはこよなく楽しい。料亭の床の小さな花瓶ひとつでも見つめる価値がある。『晩春』の書斎の飾り棚の上のかわいい仏像三体もいい。『彼岸花』では、障子の陰の畳の上に朱色のホーローのやかんがぽんと置かれている。これがふっと笑いたくなるような自己主張をしているのだ。だいたい、やかんを座敷の障子の陰にずっと置いておくのは暮らしの必然としては不自然。しかし、小津は座敷が寒々しい色彩にならないようにこの朱色でアクセントをつけているのだろう。そのユーモラスな存在が画面に温かみを落としているのはいうまでもない。あのやかんは小さな物にすぎないが、小津の子どもだ。

小物ひとつゆるがせにしない緊張した構成の画面を作りながら、小津は映画を通してなにを伝えたのだろう。私は『晩春』の原節子の笠智衆の父に対するエディプス・コンプレックスや結婚問題など、さほど興味はない。それでも見る。何度も見る。あきれている夫や息子にむかって「筋なんかどうでもいいのよ」としょっちゅう言ってきた。

『東京物語』の恐ろしくリアルな家族崩壊は何度も見るには胸が痛みすぎるから、それほどくり返しは見ない。しかし、あの憎たらしいほど芸達者な杉村春子の騒々しさは別として、東山千栄子と笠智衆の夫婦の静けさ、原節子や香川京子の誠実な静けさなど、家族崩壊のリアリズムは決して劇的な対立の激情には至らず、だからこそ身にしみる。次男の大坂志郎は最後に遅れて登場し、葬式の場面で「今、死なれたらかなわんわ……されぱとて墓にふとんも着せられず……」とつぶやくのだが、平凡な親子の距離のほどがこんなに胸に迫るセリフはない。「筋はどうでもいい」は『東京物語』に関してはいえない。だからこそ映画として傑作なのだろう。

私がよく見る『お茶漬の味』などはフェルメール的要素とストーリーは分離しているといえる。小津はそのことが分かっていて、いっそう映像の幾何学的音楽に力を傾けたような気もする。しかし、フェルメールが思惟への沈潜によって、見る人を意識の深い淵に立たせ、「コギト・エルゴ・スム（我思う、ゆえに我あり）」の真理の永遠性と似たような永遠性を私たちに感じさせることを考えると、小津の仕事は積極的にはなんなのだろう。

先日、小津を尊敬して止まないヨーロッパの映画監督、ヴィム・ヴェンダースの『東京画』というドキュメンタリーを見ていて、彼自身の思いがけない発言を耳にした。彼は小津映画に描かれる家族の普遍性に言及したのである。私はヨーロッパと歴史も習慣も違う遠いアジアの家族の描かれ方が、そんなふうにヴェンダースを打つなど思いもよらなかった。彼は、小津映画を見ていると、家族というものの原像が、静かに胸に迫ってくる、という意味のことを言っていた。戦後の小津が時代に従って穏やかに追いかけてきた家族の崩壊――崩壊しつつあるからこそ、そこに家族への普遍的なノスタルジーが漂うのだ、と彼はいう。そして、情念の高まりを排した小津の手法を絶賛する。世界中の人が小津の映画を見て、胸の奥底にある家族を思うだろう、といい、彼自身も、小津映画を見ながら、自分の父を、母を、弟を思うのである。実際、このドキュメンタリーはこの三人に捧げられている。

フェルメールを思わせる小津映画の映像の芸術的緊張感がヴェンダースの感受性に働きかけないわけはない。世の中にはホーム・ドラマなどはいて捨てるほどある。テレビのホーム・ドラマなど、がちゃがちゃと雑然とした場面が続き、小津を見たあとではその騒がしさに私は耐えられない。いわんや普遍的な家族への郷愁など思いもよらない。そう考えると、小津映画のもつ美的な秩序、鎮静作用がフェルメール同様、ヴェンダースを、魂の深いところに誘い込むのではないだろうか。それは単に背景の幾何学的な構成の音楽だけではなく、役者の表情や口の利き方もふくめ、〈静寂さ〉が意識の底に流れる作用をしているのだと思う。その静寂さが意識の深いところに働きかけ、映画を全体として受け止めるヴェンダースを、人が生まれ育っていく「家族」の普遍的なイメージへとみちびいてゆくのではないだろうか。「家族」というのはひとつの永遠の形としてヴェンダースを打った、というふうに私にはだんだん思えてきたのである。

私はヴェンダースのことばを聞いてあらためて、スジと美しさを分離して考えようとしてきた自分をちょっぴり反省する気持ちになってきた。作品ひとつひとつでその作用は異なるだろうけれど、私は『麦秋』の大家族が好きだ、また『お早よう』の子ども中心の家族も好きだ。それらの作品を思い出すと、ヴィム・ヴェンダースの言葉が異国の人の特殊な反応とは思えないなあ、と自分でも徐々に納得する気持ちになっていくからおかしい。

でも、小さい声で言うと、小津映画に流れるゆるぎない美しさが、私の心を深いところで落ち着かせること、その作用が一にも二にも私を小津映画に引き寄せることは否定できない。それはフェルメールの絵を見ているのとそっくりだ。静かな静かな陶酔といってもいいだろう。日常の中でそんな体験はなかなかできない。小津の映画をリビングで流すだけで、私は無上に幸せになる。私はやっぱり、人を無意識の底から安定させ鎮静させる「美しさ」の構図に救われている、という気がする。小津の仕事の積極性についてヴィム・ヴェンダースはひとつの解答を与えてくれたかもしれないけれど――。

小津とフェルメールを、時代の違う似たもの同士と感じてきた私に、赤瀬川原平の『フェルメールの眼』（講談社）は私に驚くべき知識を与えてくれた。このふたりは実際、同じようにカメラをのぞいていたのだ。つまり、ふたりともカメラマンだったのだ。もちろん十七世紀にまだ写真技術はない。けれどもフェルメールはカメラオブスキュラという、カメラの前身を思わせる装置を使っていた。長方形のガラスに映った光景をじっと見ているフェルメール、ロー・アングルのカメラを腹ばいになってじっとのぞいている小津安二郎。遠近法の構図を細心の美意識で、画面という世界に映し出すふたりの目は方法論的にもやはり似ていた、と私は自分の感性を根拠づけられた気がして、ちょっとほくそえんでいる。

小津の水平線

小津映画の、画面を横切る水平な線について考えてみたい。いや、そんな抽象的な言い方はあとまわしにしよう。私が思っているのは小津の映画によく出てくる〈土手〉の存在である。『東京物語』に出てくる〈土手〉、『お早よう』に出てくる〈土手〉なのだ。

『東京物語』では、笠智衆、東山千恵子の老夫婦が、成人した子どもたちに会いに、尾道から東京に出かけていく。長男の山村聰は東京郊外でちっぽけな医院を営む町医者だ。場末の小さな駅に「内科小児科　平山医院　スグ此ノ土手ノ下」と、三行に書き分けた四角い看板が出ている。看板のむこう、遠くに鉄橋も見える。

「こかあ、東京のどのへんでしょうねえ」

「はしのほうよ」

「そうでしょうなあ。だいぶ自動車で遠いかったですけえのう。もっとにぎやかなとこかと思

うとった」

着いたあと、ふたりは郊外の閑散とした寂しさを慨嘆する。

日曜日、みんなで出かける予定の東京見物が急患で突然おじゃんになる。幼い孫を連れて東山千栄子は土手に登る。カメラは下から土手を仰ぐ。画面、左下に位置する木造の粗末な家が平山医院。その窓から笠智衆がふたりを見ているから、私たちは画面には出ていない笠智衆の視線になっている。右半分は土手のてっぺんが描く水平の線だ。その上で東山千栄子のおばあさんがちょっと背をかがめ小さい孫のいさむちゃんと向き合っている。大と小のぬくもりのある指人形のような像。いさむちゃんが身をひるがえして歩いていくと、おばあちゃんは孫を追ってついてゆく。土手の水平な線、その上で自然に動くふたりのシルエット、シルエットの向こうは空。雲もない。なにもない。人形劇の舞台のようだ。と思うや、カットが変わって、カメラはふたりに近づき、土手の上にしゃがんで孫を見つめる東山千栄子を大きくとらえる。背後は空。

「いさむちゃん、大きゅうなったらなんになる？　やっぱりお父さんみたいにお医者さんか。おばあちゃん、あんたがお医者さんになるころ、おるかのう……」

東山千栄子のトーンの高い、けれども、ゆっくりとした声が流れる。孫は無心に草をむしっている。東山千栄子のまなざしは孫を見るというより、自らの人生の衰微を見つめていて、

〈あわれ〉が目に見えない光になって全身から放射されている。

再び、カメラは引いて、遠目の人形劇。土手のてっぺんの水平の線が単純な地平になって、その上に人物が乗る。その画面はやけに印象的だ。大きなおばあちゃんと小さな孫のシルエットがくっきりとした残像となって観客の目の奥に残る。人の匂いを消し、抽象的な影のような存在にして動かし、しかも美しさを漂わせる。こういう視覚の効果はいかにも小津だと思う。

土手の効果はそこだけではない。空を背後に、土手の上にしゃがんで孫に話しかける大きな東山千栄子の像も仏像のような存在感がある。これはぜったい室内とは違う人物像だ、と思う。土手と空っていったいなんだろう、私は考えてしまう。

この像の迫り方、覚えがあるなあ、と記憶の帯をたぐっていって、意外な絵に辿りついた。それは絵本作家、藪内正幸の野鳥の絵である。先年、八ヶ岳の「小さな絵本美術館」で藪内正幸原画展を見たとき、写真とはまったく違う絵描きの目を感じた。絵描きの目には〈畏怖〉という言葉がふさわしい感情が宿っていたのである。私には枝にとまった猛禽類の絵が漠然と記憶に残っているが、野鳥の目はみんな鋭いから、今、そんなふうに思っているだけかもしれない。しかし、展覧会場を回っているうちに、どの絵にもどの絵にも絵描きの〈畏怖〉が宿っていて、見ているうちになにか荘厳なものに満たされる感覚が身内にせりあがってきて驚いたのである。

手元に藪内正幸が描いた『野鳥の図鑑』（福音館書店）がある。原画の迫力はないが、同じ感情が迫ってくる鳥の絵を探してみる。

たとえば「チョウゲンボウ」。半円を描く枯れ木のような枝にガシっと爪を立て、ふっくらと胸を張り、直立している。尾は黒い縁取りに灰色。羽はレンガ色でひし形の黒い斑点が下から上へ次第に小さくなりつつ、規則正しく連なっている。灰色のまるい頭の真ん中に目。黄色いふちに黒々とした丸い瞳がきらっと光ってこちらに視線を投げている。背後はなにもない紙白、〈無〉である。つまり、空間のすべてはこの鳥、一羽のために捧げられているのだ。見ているうちに原画の雰囲気を思い出してきた。フレームにおさめられているのは画家の崇拝の目を一身に集めるこの鳥、一羽だけ。実際には鳥を全方位から囲んでいるはずの自然の藪や林の煩瑣《はんさ》な混雑は画家の意図できっぱりと消され、背後は真っ白。そこに一羽の鳥が神のごとくに存在していた。会場でそのときひらめいたことを今、ありありと思い出す。そう、私はそのとき、「これは鳥という神をまつる祭壇画だな」、と思ったのである。

小津にもどろう。前回、述べたように、室内ではさまざまな音を奏でる幾何学的構成が人物をしっかり包んでいる。しかし、土手はまったく違う。東山千栄子の背後の空は〈無〉、つまり、画面全部が彼女に捧げられているのだ。彼女は土手の草むらの上、空という空白を背負って、どーんとしゃがんでいる。彼女の輪郭は絶対的で、彼女の発する存在の光があたりを満たしている。神のよう、とはいえないキャラクターだけれども、彼女の体と声は人生の老境の〈あわれ〉をまるごと体現していて、混じりけがない。その感情の純粋さと強さは室内の場面にはめったにないオーラとなって画面を圧倒的に支配している。水平の土手と無の空は東山千栄子をまつる祭壇の役割を果たしているのではないだろうか。小津も藪内と同じように、優れて絵描きなのだと思う。

『東京物語』には祭壇を思わせる場面がもうひとつある。それは有名な熱海の場面だ。海をのぞむ道路わきのコンクリートの上に笠智衆と東山千栄子が背中向きに腰をおろしている。海を眺めながらふたりは、眠れなかった昨夜の宿の喧騒のことを話す。

「こんなところは若いもんのくるところだ」

と、笠がいう。居場所がなかったやるせなさがにじみ出るセリフだ。

ふたりが座っている道路わきの線は水平ではなく、画面の右に向かって上昇する斜線になっている。遠くにはまさしく海の水平線。海の水平線と道の斜線は画面全体を横切って扇形に開いた美しい線を描いている。水平線はかすかに淡く、道の斜線はくっきりと濃い。くっきりとした線の上に、座っている老夫婦の後ろ姿がある。背景はこよなくシンプルでふたりの背中はいやがうえにも目に焼きついて残る。ここでの〈祭壇〉は、土手と違って水平ではなく、海との対照で斜めになっているけれども、それはごく自然な選択で、小津らしい幾何学的な美の必然性を内包していると思う。もう祭壇という言葉を使ってしまったけれども、さらに言えば、ここで私たちは二幅対の夫婦の神像の緊密な関係を心の底から納得するのである。

『お早よう』でも土手が活躍する。昭和三十年代の東京郊外。マッチ箱のような小住宅がみんな同じ顔をして並び、団地ともいえない小さな集落をなしている。ここも「スグ土手ノ下」なのである。映画の冒頭、カメラは生活の匂いがいっぱいのマッチ箱住宅の並びを裏手からとらえる。幾何学模様の高圧線の塔が人々を圧するように立っている。すぐにカットが変わって、画面は小さな住宅群の真ん中。住宅のあいだの細い通りをすかして土手のてっぺんが見える。中央を走る遠近の縦線を断ち切って土手は水平だ。家々の並びにはさまれながら、空を横切るこの土手は緑が目に鮮やかで、開きかけの幕からのぞく舞台のよう。その舞台の上を登校中の小学生がひょこひょこ、左から右へと横切っていく。土手の下の道でも人やリヤカーがひょこひょこ、左から右へ横切っていく。その動きが出ては消え、出ては消えする人形のよう。ユーモラスで音楽的な映像だ。土手の上と土手下の道の二重舞台には意味があって、土手の上は子どもたちの世界。大人たちの煩瑣な人間関係を超えた開放的な世界である。土手下の道、さらに家と家とのあいだの道は、主婦役の三宅邦子が「引っ越したくなっちゃうわ」とぼやく、噂と陰口でいやになっちゃう世界である。

カットが変わって土手の上。空が画面いっぱいに広がる。そこで子どもたちは随意にオナラができる技を披露しあう。額《ひたい》を友だちに押してもらって、ただちに「ぷうー」と出るやつは得意そう。この発想と場面、小津の子ども好きが全開している。広い空を背景に、この開放的な土手を子どもたちの領分に与えて、小津は子どもを愛している。

この映画の後半、設楽幸嗣となんとも可愛い六歳くらいの島津雅彦の兄弟が、テレビ欲しさのだんまりストライキをする。だんまり続きの不便でおなかがすいて、ふたりはお櫃とやかんを抱えて、土手に行く。土手の斜面に座り込み、手づかみでご飯をほおばり、やかんのお湯を手に受けてすすする。「おにいちゃん、おいしいね」という弟のセリフには、大空の下で子どもだけの世界を展開する秘密の楽しさがあふれている。土手は絶好の子どもの舞台だ。

けれども土手は子どもだけのものではない。祭壇としての土手はここでも生きている。私がこの映画で、もっとも注目するのは杉村春子の母でお産婆さんをしている三好栄子という女優だ。堂々たる体軀に派手な模様の綿入れの半纏を着て、よっこよっこと歩く。上、下、横にゆっくり動く強烈なギョロ目、突き出した鼻と厚い唇。こんな人にあったら最後、一生忘れられないだろう。押し売りの殿山泰司がナイフで鉛筆を削って脅かそうとすると、台所から刃渡り三十センチはあろうかという長大な肉切り包丁を出してきて、ぎろりと相手を睨む。これで鉛筆を削り、「よく切れるねえ」と包丁をかざして殿山泰司をびびらせ、あっというまに退散させるのである。

このお産婆さんはなにかの新興宗教を信じていて、家には神鏡や榊を飾った祭壇がある。ある日、この人が土手の上に登場するのである。両側から幕のように家々の家並が迫る緑の土手舞台に婆さんが空を背負って立つ。横向きで日輪をおがんでいる、その輪郭は、見たとたん、「出たーっ」と叫びたくなるような、異様な存在感だ。この人こそ祭壇に立つにふさわしい、と私は心の底から思ってしまう。もちろん、小津は土手の上に立つ三好栄子の大写しにも迫る。いつもの半纏をゆったりと大きな肩に背負うように着て、ギョロ目をつむった婆さんひとり、画面を制圧し、空の無を背負って堂々と太陽に向かって手を合わせる、その立ち姿の威容——見ているうちにこちらもこの人を拝みたくなってくる。この場面を作った小津に私は喝采を送りたい。土手の祭壇効果を知り尽くしているからこそ、考えられたに違いない。

小津のことを書こうと思う、といったら、友人が「なにかの参考になれば」と、「東京人」という雑誌の小津特集号を貸してくれた。一九九七年の九月号である。その中で川本三郎が「いまひとたびの『東京物語』」という見出しの文を書いていて、『東京物語』の舞台に使われたさまざまな場所を追っている。私がここで小津映画の特殊な舞台としてとりあげてきた〈土手〉が東京のどこであるかも、写真入りではっきり特定されていて、見たとたん、胸がどきどきしてきた。そこは東武伊勢崎線の堀切駅のすぐそば、荒川放水路の土手だった。映画で遠望される鉄橋は上野と千葉を結ぶ京成電車の鉄橋だ。堀切駅は急行も止まらない小さな駅で当時も現在もほとんど変わっていない、と川本は言っている。しかし、この雑誌が出てから十年の歳月がたっている。東京の変貌は油断もすきもない。ほんとうに今も変わっていないだろうか、どうなっているのだろう、とにかく現実の荒川土手に自分の身を置いて確かめてみたい。私は堀切駅への経路をインターネットで調べた。北千住から乗り換えて二駅目、そんなに遠くはない。行くぞ、と決心した。近所に住む、遊び友だちの親友にその話をしたら、同行してくれるというので、ふたりで出かけることになった。

北千住駅は現代そのもので、にぎやかだった。都会的に明るく照明された長い地下道を通って、やっと東武伊勢崎線のホームに辿り着き、浅草行きの各駅停車に乗り込んだ。二駅目だからあっという間に着く。さて、いかなるところにや、と好奇心まんまんで、堀切駅に降り立って、あっと息を呑んだ。さっきの北千住駅はどこの世界だったのだろう。堀切駅はもの寂しく古びて、やるせなかった。人影少ないホームの壁は波状のトタン、申し訳ばかりの小さな駅舎の屋根もトタンで、時代にさらされた錆び色をしている。昭和三十年代がそっくり現前したようで、狐につままれる思いがした。『東京物語』では、もんぺをはいた娘がふたり、この駅に立っていたけれど、今、ふたりがここに登場しても、現代という時を忘れてみれば、さほどの違和感はない。私たちは不思議な空気に包まれた。

改札を出ると、頭上の空は広く、荒川が視野いっぱい、左右に偉大な水平の線を描いて、堂々と流れている。対岸の緑の土手も水平に目路はるか、どこまでも続いている。私はほーっと息を呑んだ。しかし、私たちが立っている道は車の往来の激しい現代そのもので、感動に浸ってはいられない。あわてて横断歩道を渡って、川よりの歩道に立つ。広い河川敷はよく整備され、あちこちで少年野球のチームが練習している。左手を見ると、堀切橋、その向こうに、まさしく映画で見た鉄橋が、変わらぬ姿でがっちり荒川を横切っていた。川は水量たっぷりで、幅が広く、深そう。大きな船が小さな船をひいて川を上っていく。観光船ではないその実用的な雄姿が、川というものと人間の本来のつながりを引いて上っていくようで、見とれてしまう。

対岸の土手に目をやる。土手の上は広い空だけれども、その空に浮かぶように二本の線が大きく横切っていて、その上を小さな虫のようなものが始終、ツーツー動いている。どうやら高速道路らしい。これは映画にはない光景だ。しかし、背後にある高低さまざまのビル群が見えないので、景色に雑音はなく、空を横切る高速道路がとてもシュールな舞台に見える。この上で、二十世紀の芸術家、アレクサンダー・カルダーの愉快な針金人形を巨大化して踊らせたらすてきだな、面白いな、と変な連想をする。すると小津映画の場面を思い出した。『小早川家の秋』の最後のほうの葬送の場面である。橋の上をゆっくり動いていく黒いシルエット群。背後は抜けるような空。ああ、あそこも小津の用意した舞台だ、とあらためて思う。

現実にもどって再度、高速道路の舞台効果を確かめる。首をめぐらし、空の広さを確認すると、あちこちの橋が遠くのビル群の頭とたいてい同じ高さになっていて、見えないように隠してくれていることが分かった。わざわざここまで足を運んだ私たちにとって、この景色は偶然とはいえ、ありがたかった。

対岸の緑の土手は『お早よう』に出てくる土手と同じ勾配、と、私には見えた。ところどころにある河川敷におりるコンクリートの階段も映画で見たのとそっくりだ。設楽幸嗣と島津雅彦の兄弟がご飯をほおばった、あの土手だ。「向こう岸に行こう」と、私たちは堀切橋を渡った。河川敷ではたくさんの大人や子どもがサッカーや野球に興じている。しかし、土手の斜面に座る人はいない。私はなにものにも妨げられないで、その上にふたりの子どもの幻を見ることができた。

河川敷に下りる階段は苔むしていかにも古かった。『お早よう』の子どもたちがお櫃とやかんを抱えて駆け上った階段を私たちはゆっくりと下りていった。

笠智衆の夫人、花観さんのこと

小津映画の映像の芸術的水準は高いけれど、映画に垣間見る小津安二郎の女性観には私も辟易する。『秋日和』に出てくる中年男どもの酒席での他愛のない会話、『麦秋』で佐野周二が淡島千景をからかうセリフなど、今ならセクハラといわれても仕方がないだろう。

しかし、女をあからさまに性的なからかいの対象にすることなど、明治生まれの男どもには日常的なこと、普通のことだったのだ。『麦秋』の最後のほうで、原節子と三宅邦子が浜辺を海に向かって歩くシーン、ふたりの後ろ姿の動きが美しいと思っていたら、先日読んだある雑誌の座談会で、三宅邦子が、「先生は『どっちのお尻が大きいか』なんておっしゃって……」と笑っていっていた。小津安二郎も時代の中ではごく普通の男だった、というしかない。でも、今さら、九十歳、百歳になっている男たちの女性観に目くじらを立てるのも馬鹿馬鹿しいことである。

ところが私は最近、笠智衆の『あるがままに』（小池書院）という自伝的エッセイを文庫本で読んで、考え込んでしまった。この本の親本は、死の一年前、一九九二年に刊行され、自伝のうしろには笠智衆と交流のあった二十四人の映画人の笠へのオマージュが付け加えられている。その中で笠は先に逝った妻の花観《はなみ》さんの思い出話を彼らしい虚飾のない筆致でつづっている。

私はこの本で初めて花観さんのことを知った。笠の無邪気ともいえる素直な目を通して花観さんの人間像を探っていくと、四人の子を育て、笠の俳優稼業を裏から支えてきた花観さんの人生への無念、苦難と再生の物語が見えてきて、黙ってはいられない気持ちになってきたのである。彼女の無念は、どこといって落ち度のない笠智衆の人格に向けて、非難の矢を向けるわけにはいかない無念である。しかし、二十四人の映画人がこぞって賞賛する笠の人となりの底辺には「男たるもの」という明治人の美意識が存在するように思えてならない。夫婦という対概念の中で笠はひとりの夫であり、男である。そこには仕事仲間への誠実さとは違った女性に対する男性意識が働いている。

笠は現存する小津の映画三十四本のうちなんと三十一本に出演、とくに戦後のものはかかさず顔を出していて、小津映画のサインともいわれているくらいだ。小津を全面的に信頼し、小津に言われるままに演技してきた笠の考え方は、個人としても小津の思想を反映し、映画での役作りが自然であるだけに、スクリーンの外での笠のあり方と呼応し合っていたのではないだろうか。上品で真面目でちょっとユーモラス、少しもおごったところがなく、どことなく背中に人生の哀感が流れる一人の日本の庶民の男の、表も裏もない誠実な人生。そんな男への小津の満幅の共感は笠の人生を支配しなかっただろうか。映画ではそんな男に、『晩春』の原節子のような甲斐甲斐しくかわいい娘、『東京物語』の東山千恵子のようなおっとりした妻が、幸せな予定調和のように配置されている。そこには小津の、そしてその時代の女性への無意識の願望が平和そのものとして描かれていると思うのである。

さて、笠の妻、花観さんにかえろう。私には『あるがままに』という笠のエッセイしか花観さんとつながる道はない。あるのは私の感情移入だけ。そこで私は夢幻能のように花観さんに生き返ってもらって、花観さんの幻の声を聞き取りたくなった。

以下、フィクションであるのはいうまでもない。そこに真実のかけらを散らすことができるかどうか、今、胸がどきどきしている。読者もどうか気持ちを切り替えて読んでほしい。さあ、幕を開けよう。

*

今年の初秋、私は友人の蓼科の別荘に半月ばかり滞在した。毎朝、八時ごろ、白樺のあいだやちょっと開けた野の道を散策した。吾《われ》亦《も》紅《こう》がかすかに首をふり、色鮮やかな川原撫子が目に飛び込んでくる。ときにはジョウビタキの美しいレンガ色が目の前を横切って、あっと声をあげたりした。散策は楽しかった。散策を始めて三日目くらいだっただろうか、私は大きな唐松が立つ道の曲がり角で年配の婦人に出会った。目鼻立ちのくっきりした、骨格の大柄な方だった。夏物の和服を軽く着て、帯も低めにゆるやかに締めていたが、体にしっくりあって、着こなしは身についていて美しかった。目が合って私たちはちょっと会釈をした。それから毎日、同じところで私はこの夫人に出会った。私たちは目顔で黙って会釈をするようになった。

私は散歩の途中、木漏れ日の中、切り株に座ってしばらく本を読むこともあった。その日、文庫本を一冊、手にして歩いていた。いつもの曲がり角、唐松の向こうから例の夫人が現われた。

散歩仲間の気分で「おはようございます」と初めて声をかけると、むこうからも初めて声がした。

「あのう、その本、読まれましたか」

彼女の目は私の手にある文庫本に釘付けになっている。

「ええ、もう少しで、終わるんですが」

「では大半は読まれたんですね」

「はあ」

私は妙な気分で曖昧な返事をした。その本は笠智衆の自伝エッセイ『あるがままに』だった。表紙には笠のアップの写真が出ている。私が戸惑っていると、夫人はにっこり笑って、

「私、笠の家内の花観です」と、名乗った。夫人は続けた。

「あなたのような若い方が、どんなふうにこの本を読まれるのか、話が聞きたいです。もし、よかったらうちのほうにお寄りになりませんか。すぐそこです。お茶を一服、さしあげましょう」

私は明るい朝の日差しの中で、頭がくらっとした。たった一時間前にこの本を読んで、笠智衆が書いた、花観さんの最期の様子を手に取るように想像したばかりだったのだから。花観さんは持っていた野菊を私のほうにふって、からかうように「ははは」と白い歯を出して豪快に笑い、

「まあ、いいではありませんか。どうぞ、どうぞ」とすすめてくれた。彼女の相貌には冥界の陰鬱な影はみじんもなかった。私の前には地に足をつけ、しゃきっと立っている一人の女性がいたのである。実は私は笠智衆の自伝を読みながら、笠よりもその妻、花観さんの人生に心を寄せる気持ちになっていた。花観さんに聞きたいことがボツボツとあぶくのようにこみ上げていたところだったので、事態の怪しさよりも好奇心のほうがむくむくと私の心を占領してしまった。私は言われるままについていった。

こざっぱりした四畳半の茶室には黒柿のふちの炉が切られ、茶釜がしゅんしゅんと湯気を立てていた。花観さんは野菊を竹の架け花入れにいけ、柱にかけると、流れるようなみごとな手つきで抹茶を立ててくれた。

「樺太の女学校を卒業されたあと、家族の反対をふりきって松竹の脚本部に入られたんですよね。当時としてはずいぶん思い切ったことを」

「ええ、文章を書くのが好きで、雑誌などに投稿するとよく入選していましたから。それに親は樺太という、本土から離れた地で土木関係の仕事をしていましたから、封建的な家意識や土地のしがらみがなくて、まあ、流れ者みたいなもんでしたから、比較的自由にさせてくれました。私の性格からして、仕方ないと思ったんでしょうね。私はそんな両親に感謝しています。家から飛び出したくても女にはほとんど無理だった時代ですから」

「笠さんと結婚されたとき、シナリオ・ライターとしての道が閉ざされる予感はなかったですか」

「結婚といってもああいう世界ですから、その本にもあるように式もあげず、なんとなくいっしょになった、というのは本当です。私は酒もタバコもやり、車も運転する女傑でしたから、そこらのお嬢さんとは違う人生を自覚していました。奥様稼業をする気はなかったのです。だから、長男が学校に上がるまで仕事は続けていました」

「九州男児の笠さんがそんな破格の結婚をされるには、それなりにわけがあったんでしょうね」

「いえ、単純に言えば、貧乏だったんですよ。大部屋の役者なんて、女房を養うほどの収入なんかなかったですから。それにあれも、寺の坊主がいやで、ちゃらんぽらんの生活の末、あの世界に転がり込んできたんですから。私が一歳年下でしたけど、つっかえ棒として私みたいな女がいいなあ、と思ったんじゃないでしょうか」

「花観さんのほうも、よく決心された」

「そうですね。笠は大部屋の役者の中では清潔感があって、仲間に流されない生真面目さがあったですから、付き合っているうちに他の男の人にはない信頼感をもちました」

「仕事をやめられた理由は、子育ての問題と、それから笠さんの月給が上がって、なんとか暮らせるようになったこととありましたが、この本で笠さんは『花観はとても残念そうでした』と書いておられます」

「ええ、仕事は面白かったし、好きでしたから。私は内助の功に徹するような性格ではなかったんです。でも、男は仕事、女は家庭、という考え方はごく当たり前で、笠も稼げるようになって、そういう形で家がおさまることを望んでいました。戦争で物も少なくなり、長男の次に長女も生まれ、生きることが大変でした。樺太から父や甥もひきあげてきて一時いっしょに暮らしたりしていましたから、そんなことでジタバタする状況では全然なかったです」

「そんななかで夫としての笠さんのイメージは変わっていきましたか」

「ええ、なかなか。あの人は男っぽいようで意気地なしのところがあって、山羊の乳ひとつ搾れないんです。蹴飛ばしてあばれるから後ろ足を縛るんですが、それがかわいそう、とかいって……でも家族の重要な栄養源で、自分も飲んでいたんですよ。庭も全部畑にして、いろんな野菜を作っていたんですが、笠はあまりやる気がなく、ほとんど私が作っていました。まあ、家事そのほか暮らしの仕事はどちらかというと役立たず。なんとなく逃げるんですよ。私の父は仕事柄もあって大工仕事なんか玄人はだしでしたが、あの人は黙って見ていました」

「それで、映画ひとすじ……」

「それしか能がない、と自分でも思っていたんでしょうね。そこは一生懸命でした。本なんかも全然読まないし、根本的になにか自分の中にもっている人ではないから、小津先生に認められて、本当に人生、救われましたよ」

「でも、あの風貌、あの口つき、独特の味があって私は映画のうえではとても好きです。『東京物語』なんかの老人ぶりは、いうにいわれぬ人格のやわらかさと悲哀があって、凄みがありますよ」

「あれはよかったですね」

「笠さんが出られる映画の台本はみんな読まれたんですよね」

「ええ。台本がくると、読まずにはいられなかったんです。まあ、未練がましいといえばそうですけど、笠の演技も気になるし、やっぱり、この仕事を捨てたことへの代償を求めていたんでしょうねえ。笠もそこは分かっていたと思いますが」

「でも、『花観はほんとうに文学少女だったらしく、映画に関しても一端の評論家か脚本家気取りの一面がありました』という笠さんの文には驚きました。花観さんの目を文学少女の延長としてしか捉えていなかったんでしょうかねえ」

「ふふっ、そこがあの人の男の美意識。女房が社会的に一人前に仕事をしているのは男の甲斐性がないからだ、と受け取られかねない時代でしょう。そこのところの文、シナリオだと思ってごらんなさい。たとえば中村伸郎や北竜二などと料亭でいっぱいやっているシーン。ちょっと作ってみましょうか。

中村「お宅の奥さん、若いころは血気盛んでシナリオ・ライターになろうとしてたんだってね。今はおとなしいかい」
笠「いや、女房はほんとに文学少女だったらしく、今でも一端の評論家か脚本家気取りの一面があるんだよ」

中村「ふうん、そうかい。そりゃ、ちょいと面倒だね」
笠「だけど、女房の言うことはよくあたるんだよ」
北「裏で操縦ってわけだ」
笠「いや、そういうわけではないんだけど」
ちょっとてれて、うつむいて手酌をする。

どう？　小津の映画の一場面としてぴったりはまるでしょう。明治の男性の夫婦観って、こんなもん。それが日本の男の美意識だったのよ」

「私は読んでいて、ひどいと思ったけれど、花観さんは意外と冷静なんですね」

「女房を一人前の人間として扱わない、女、子どもは男が養ってやるもの、というのが世間的な建前の時代ですからねえ。文学少女うんぬんもそういう向きの発言がつい、自伝の中に出たのでしょう。あの人は無口っていうけど、考えるってことに臆病で、そういうイデオロギーには素直っていうか、インテリじゃあないですから、安全パイの発言だと思ったんでしょう。まあ、そんな考えが育ちのうえで体に張り付いているって言ってもいいし……」

「内向きでは、本音は違っていたと」

「私の助言や批評は真剣になって聞いていましたよ。内容を馬鹿にしたことなんか一度もない。

自分は演技で一生懸命だから、客観的な目がほしかったと思います」

「でも、私、笑っちゃいました。『僕がちょっと不満だったのは、気に入ったときは、「よかったわよ」の一言だけだった点です。世の中には褒め言葉はほかにないのか、と思ったものです』と書いていらっしゃるところ」

「はっはっは……衣食住、生存の基本的部分は私にぶら下がっていましたから、私と向き合えば、甘えたくなるんでしょう」

「名前なんて呼んだことなくて、『オイ』とか『オイ、コラ』ですませていた、モモヒキがどこにあるかも知らなかった、と書いていらっしゃる。そんな人に演技の褒め言葉の多様性を要求されても困りますよね」

「男は泣くな、笑うな、喋るな、我慢、我慢、って育てられて、一途にその価値観でやってきたら中身がすっかりシンプルになってしまって、……そのうえに誠実がくれば、もう怖いものなし、笠智衆のキャラクターは、ほんと、大衆を安心させるのですよ。それにあの風貌の品の良さ、まなざしのやさしさがあるでしょう。いうことなしですよね。『オイ、コラ』で女房を呼んでいたことも、嘘ではないですが、読者の大衆はどこかでそのことを受け入れることが笠は勘で分かっていたから書いたと思います。もちろん、意識的ではないですけど」

「そういうの、花観さんはどう受け止めていらっしゃったのでしょう」

「私、その本を読みましてねえ、淀川長治さんの文に自分自身の位置を当てはめようと思うと、私の位置はないんですよ」

「ああ、この部分ですね。『畳、障子、ふとん、そのなかの笠智衆を見ていると、心がとける。まさにぴたりと日本なのである。夏のうずまきの蚊とり線香、冬の日ののれんをくぐった屋台のラーメン。みんな日本であり日本の風景である。……そよ風であり、松であり、谷のせせらぎで、どう思っても笠智衆は純粋の古来からの日本の風景だ。日本の山だ、日本の海だ』」

「そうそう、そこ。私は家族の反対をふりきって松竹の脚本部に飛び込んだような女でしょう。青春時代を思うと、そんな女は日本の古来からの風景を破壊する女なのです。でも、私は青鞜の女性たちのような派手な、今でいうウーマンリブ的な運動には興味はなかったし、神近市子さんみたいに女権運動なんかする政治性はとてもとても……。結局四人の子を育て、戦中戦後の大変な生活に身を粉にして働いて、その生活労働のようなものが私のエネルギーに見合っていたといってもいいと思うの。でもほんとに悩みだしたのは、子どもが手を離れ、笠も役者として、小津安二郎の看板のようになり、暮らしもなんとか余裕ができてから。日常生活の世話はなにからなにまで女房に任せ、映画界では日本的な風景として押しも押されぬ位置を、まあ社会からもらったわけです。でも、私の個人的な家事育児は社会化されない。私はやっぱり自己表現の場がほしかったですね。まあ、淀川さんの言葉に即してかっこつければ、笠が映画を通して日本という大きく広がった風景そのものになったのなら、私は私で自分の日本を意識的に作り出さなきゃならない、と思ったわけ。彼が広がるなら、私は日本を囲う」

「それでお茶を始められたんですか」

「そう、茶室が私の独立空間。そこで私の好きな日本の自然を濃縮し、演出し、そんな世界を、心を同じくする人たちと共有できたら、私はこよなく落ち着いてこれからの人生を手に入れることができると思ったの」

「自伝の中で笠さんは『花観は、お茶を始めた動機を、「お父さんが勝手に遊び歩いているから、対抗上、何か趣味に走りたいと思って始めた」と言っていました』と書いていらっしゃる」

「まあ、夫婦の会話って重苦しいことを言ってもしょうがないし……、でも、結局、日常的な軽さの中でコミュニケーションはたいがいすれ違うものなのよ、夫婦って。だから、大切なのは実行。私はお茶の世界にはまりました」

「お茶室で花観さんが姿勢を正して座ったら、『オイ、コラ』はでてこないですよねえ」

「まあ、よほどそこにこだわられるんですね、若い方は」

「当たり前ですよ。名前さえ呼ばれない妻の人権はどうなっているんですか」

「でも、それが日本の風景のひとつだったのよ」

「ひどいなあ」

花観さんは目をそらし、柱にかかった野菊を見る。

「それから話は飛ぶんですけど、こんなことお聞きしていいのかな？　この本を読んで花観さんが亡くなられるときの笠さんの様子を読んで、なにか象徴的なものを感じたんですけど。笠さんは花観さんが倒れられた音を、たぶん、いちばん真近に聞きながら、かけよろうとなさらなかった。最初に次男の嫁が来て、次に長男夫婦が来て救急車で病院に向かった。笠さんはそれにも同行されなかった。そこで笠さんはこう書いていらっしゃる。『それらのことを少し離れて見ていたような気がします。実は、よく思い出せないのです。……無念とか悲しいとかいった気持ちより、ただボーッとした気分の中にいたのだと思います』」

「感情が麻痺して体が動けなくなったんでしょうね」

「でも、麻痺させるのは自己防衛であって、相手のことは考えてないですよね。なんだかそこは露骨に残酷で、明治の男の美意識の果て、という感じがして……笠さんの文が正直であればあるほど、私は笠さんのショックに感情移入するより、笠さんを支えてきた花観さんの無念を思ってしまうんですよ」

「まあ、そんなことをお考えになっていたんですか。私は笠に依存する気はまったくなかったですから、そんなこと、どうでもいいんです。いい加減になさらないとせっかくのお茶がまずくなりますよ。さあ、もう一服いれましょう。新栗の茶巾絞り、もうひとつどうぞ。山の栗はおいしいですよ」

花観さんはちょっとさびしそうな笑みを浮かべ、青磁の美しい茶碗に深い緑のお茶を渦潮のようにダイナミックにたててくれた。

小一時間ほどで、私は花観さんの茶室を辞した。

*

小津安二郎について、息をつめて書いてしまった。こうまで息をつめると、これから先、小津の映画を今までと同じように気楽に楽しめるだろうか、という不安がきざしてきた。人生の楽しみをそこまでがんじがらめにしてはいけない。と、ここまで書いたら、今日は小津安二郎の命日であることに気がついた。十二月十二日だから覚えやすいのである。墓碑銘には彼の遺志で、「無」の一字。これはかのヴィム・ヴェンダースをふるえあがらせたらしい。「無」はドイツ人にとってはこの世を無にするニヒリズムの極の一文字なのだろう。『東京画』のナレーションにその恐怖が語られていて、東西の彼我の溝の深さを思い、私は笑ってしまった。「人間はひとり」「人生は無」――小津さんの声が聞こえるけれど、また、いつか、書きたいことがたまってきたら、小津さんにであうことにしよう。街角で右と左に別れるように、小津さん、さよなら。

古典との出会い

頭の鬼門に鎮座しますます化石、溶解のこと。

私の中学時代の先生たちは戦後の代用教員だった人もあり、先生というよりおっつあん、お兄さん、といった感じで、人間的な親しみや、思春期独特の嫌悪感をそれぞれにかきたてられたりした。先生たちの生活や人間性がむき出しになっていて、面白いといえば面白かったのだが、授業では知的なインパクトはあまり受けなかった。とくに国語の授業は例外なく退屈で退屈で身をもてあました。四月、国語の教科書を渡されると、私は小学校のときからの癖で、その日のうちに教科書を全部読んでしまう。そのときには教科書の文章の新鮮さに打たれることも少なくなかった。永井荷風の「花より雨に」というエッセイなどは今でも梅雨の季節になると、その文章の匂いをくっきり思い出す。ところが授業が始まると面白くない。とくに古文の授業は閉口した。先生が作品についての解説もそこそこに、いきなり黒板に古文の現代語訳を、なにかの参考書をもとに書き出し、それを写せ、という。せっせとノートに黒板の字を写して

一時間終わり。あきれた授業だった。私も子どもだったから、疑いもせず、テストのときは原文そっちのけで、ノートの現代語訳を丸暗記した。

高校になっても事態はあまり変わらなかった。古文の先生はやたら文法の助動詞だけを取り上げる先生で、尊敬だ、可能だといった砂をかむような判別に苦しみ、覚えては忘れていった。今考えると、自分の勉強の仕方もまずかった。古文を文学として楽しむ気持ちはさらさらなく、受験でつまずかないようにという思いがいつも枷《かせ》になっていた。実際、古文のテストは恐怖だったのである。『源氏物語』の一節などが出ると、いつも途方に暮れた。私は目のレンズを絞り上げて、何度も何度も読み返す。が、読めば読むほど分からなくなる。いったい誰がなにをいい、誰がなにを思ったのか、私の現代版日本語アンテナはいっこうにきかない。言葉はするりと逃れ、まるであざ笑うかのように徐々に文全体が、にじり寄る、のではなく、にじり去り、輪郭を曖昧にしつつ、忍者のように煙幕を張って消えていく。私は心中、叫ぶ。「こ、これって日本語でしょう？　私は外国人か？　英語の方がずっと分かるぞ」

それから、なんと三十年、私の古文コンプレックスは化石化し、私の脳みその鬼門の方角にこつんと居座って動くことがなかった。

一九八〇年代の半ばごろだったと思う。福音館書店の編集者S氏から、『いまは昔　むかしは今』という日本人の生活観、宇宙観を古代から総ざらいする大著に関わってくれと依頼された。私に課せられた仕事は昔話と古典の現代語訳だという。昔話ならともかく、古事記や今昔物語などの現代語訳だなんて、考えるだに恐ろしい。鬼門の化石はたちまち肥大化して立ちふさがった。「私、だめなんです……」と何度もしりごみしたが、国文学の権威の先生がついているから最終的には大丈夫、と彼はいう。

南無三宝、私は清水の舞台から飛び降りる決心をした。もちろん自信などというものは皆無である。実力を無視して無謀な決心をそそのかしたのは、実は、単純な好奇心だけだった。その本の壮大な構想と内容を聞いただけで、ワクワク、ドキドキ、胸がときめきだした。しかも佐竹昭広、網野善彦という当代きっての魅力的な国文学と歴史学の先生の話を定期的に開かれる準備研究会で直《じか》に聞けると知って、こんなシアワセがあるものか、こんな機会を逃がすのはまったくもって残念無念——そう思ったのが運のつきだった。「ひきうけます」と電話でS氏に言ってしまったあと、田舎の母の顔を思い出した。子どものころ、母はよくため息まじりに言ったものだった。「あなたはほんとに猪突猛進。どこに跳んでいくやら自分でわかりもしないで……」

苦しみは始まった。しかし、編集者や専門家に支えられ、ひとつひとつ喘ぎながら山に登っていった。それから十年、私は初めて古典の有名無名の作者と対面し、時空を超えて、はるかな過去の人間たちに出会う体験をした、と言えるような気がしている。もちろん、私の体験は広大な古典の世界のほんの片隅の、隅の隅にすぎないことは承知のうえで。

たとえば『古本説話集』の中の「観音の田植え」。これは「今昔物語」とほぼ同時代で作者はつまびらかではないらしい。それはこんな話だった。

この世になんの頼りもない中年の独身女性が貧しさに責められ、あちこちで田植えの手伝いの約束をし、代価を日用の必需品で前借りしてしまう。気がつくと約束した家は二十軒にものぼり、それがみんな同じ日に田植えをするという。身一つではどうしようもない。根が正直な女は、先を読まない愚かさゆえに、にっちもさっちも行かない状況に追い込まれてしまった。絶望に身もだえし、一夜、観音にとりすがって祈り泣きに泣く。翌日、観音はよっこらさと厨子から出て、この女を身を挺して救うのである。人間を超えた存在である観音が〈身を挺して〉というのはへんな言い方かもしれない。しかし、これを読むと観音が生ま身の人間のように思えて仕方がない。そこのところがどうしても泣けてくるのだ。「観音の田植え」がすっかり好きになってしまった私はこれを出雲弁にして語るようになった。語るたびに私の心の底に、人が人に対して生ま身の観音にならねばならないときがある、という思いがこみあげてくる。それは仏教でもない、信仰でもない、愚かさや弱さをかかえて生きている人間どうし、ときと場合でお互いさまなのだという思いとともに——。

「おひとりさまの老後」が待っている私たちのほんの目の前の将来、制度も年金もそれなりに大切だが、結局、肝心なのは、人間どうし、「あの人のことなら、仕方ねなあ。よっこらしょ」と立ち上がる人と人とのつながりではないだろうか。「観音の田植え」に出会えたことが、現代に生きる自分たちの人と人とのつながりにほのかな光明を与えてくれたことは私にとっては疑いようがない。

これを語りながら私の意識をよぎるもうひとつの連想も書いておきたい。それは宮沢賢治の「無声慟哭」の中の妹、とし子の言葉。とし子は死に際の苦しい息の下で「うまれでくるたてこんどはこたにわりゃのごとばがりでくるしまなぁよにうまれでくろ（今度生まれるときには自分のことばかりで苦しまないように生まれてくる）」という。生命あるがゆえに人間が負う病《やまい》という苦悩をこんなに端的に表わす言葉はない。人が人に対してお互い観音になるという幸せを味わうことがなかった短い十九年の人生の痛恨が思いやられて仕方がない。

『今昔物語』の「源頼信、頼義親子、馬盗人を射殺す」も、言を頼まず、行為のみで前進する台頭期の武士のきびきびとした動きが髣髴として忘れられない。まるで黒澤明の映画を見るようで楽しかった。武士の世の中になった、と歴史の授業で教えられても、このイメージなくしてなんの歴史か、という思いがしきりにした。こういう物語をしゃきっとした現代語にして中学生の社会の教科書に入れてほしいものだ。

芥川龍之介の『芋粥』のもとになった『今昔物語』の「利仁将軍と狐」にも目が覚める思い

がした。芥川が仕立て直した話だと、芋粥を腹いっぱい食べたいという五位の侍が主人公だが、『今昔』では違う。狐の神通力を駆使する利仁将軍の颯爽たる武者ぶり、その将軍が婿に入った越前の長者の家の並外れた長者ぶりが面白おかしく描かれている。五位は利仁将軍の英雄ぶりを引き出す狂言回しにすぎない。あれよあれよと、利仁将軍の活躍に目を丸くしているのである。ところが、芥川の『芋粥』では芋粥を食いたい、食いたいと思っている貧しい五位の欲望が一貫して追求されているのだ。食欲という人間のもっとも単純な欲望がとりあげられ、徹底的に揶揄されているのである。芥川は名文と超越的な創作態度で、五位を見る自分の目の卑しさに気づいていない。むしろ、その卑しさを人間存在の卑小さに巧みに転嫁しているような気がする。もちろん、『今昔』でも、五位を越前につれていく利仁将軍にからかい気分はあるのだが、そこには、おおらかなあたたかさがある。五位に突然の幸せを贈る善意の喜びがあふれている。『芋粥』ではそこのところの魅力はほとんど無視されているといってもいい。そこに惹かれたら、子どもっぽい通俗性に犯されると、芥川は思ったのかもしれない。いや、芥川には、子どもっぽさ、単純さ、一本気の通俗性を意識的に避ける、近代純文学の優等生気質があったのではないだろうか。しかし、子どもが胸をときめかす一本気の通俗性には健康が宿っているのだ。

「おい、おい、芥川さん、そんなに人間をまともに軽蔑してはいかん、そんなことをしたら、人間界は蟻地獄になってしまうよ」と、私はあのやせた肩を後ろからそっとたたきたくなってきた。「蟻地獄」と言ったついでに『蜘蛛の糸』のことを思い出しながら。

さらについでながら、このエッセイを書いている最中、つい最近出版された瀬田貞二の『子どもの本評論集・児童文学論』(福音館書店)を読み、その中で「『くもの糸』は名作か」という一文に出会い、私の目はキーンとなった。そこには芥川の「内面的な弱さ」が指摘されていたのである。私は幽明の境を超え、はるかに瀬田貞二さんと握手をした。

『今昔物語』の空気はとにかく人を健康にする。こんな説話を語り合い、楽しんだ八百年前の人間たちが物語の世界に入っていく、そのストレートでおおらかな感情は野太くも懐かしい。人間を卑小にもせず、偉大にもしない、等身大の人間観察はごく自然で読んでいてこちらも伸びやかにあきれ、伸びやかに笑うことができる。本当は話を面白くするための誇張があるかもしれないが、読者の陋劣《ろうれつ》さを頼みにする現代の週刊誌的なえぐみがない。説話の風は気持ちよくふいているのだ。

『大和物語』の中の「芦刈」にも胸を打たれた。貧困にさいなまれ、やむをえず別れていった夫婦の数奇な運命が簡潔に語られているが、語りにえもいわれぬ香りがある。京に出て、やがて身分の高い人と結ばれた女は先の夫がどうなっているのかと、心配でたまらない。前夫を尋ねて難波の浦に出かけると、乞食のような葦刈り姿の男に出会う。男は身を恥じ、隠れつつ女に歌を贈る。

君なくてあしかりけりと思ふにも　いとど難波の浦ぞすみうき

牛車の中でこれを読んで、女は身も世もあらぬ悲しみに泣きふすのである。

伊勢物語と同じように、個人の名前がなく、男、女で物語が進行する。そのことの意味をあらためて考えてしまった。男も女もまるで文楽の人形のよう。ふたりは人形でありながら、ありありと生きていて、人形であるからこそ、情念を純化して私たちをひとすじに物語の世界に導いてくれる。これを読む現代の私たちの涙も、遠い昔の語り手のシンプルな目で濾過《ろか》され、この世ならぬ純化された涙になるような気がしてくるのである。そして最後に歌がある。歌は、真実か虚構か、あやういところで揺れている物語に焦点を与え、安定させ、こちらの胸に一挙に物語を注ぎ込むのだ。

今度あらためて谷崎潤一郎の『葦刈』を読んでみた。先の歌が冒頭にあり舞台装置は同じ淀川の河口。けれど、内容は爛熟したエロティシズムの奇怪な三角関係の話だった。本質的には『大和物語』とは縁もゆかりもない。古典の方の「葦刈」は短いながら、人生の悲しみが透明に美しく伝わってくる。思い出すだに心が洗われる、出会えてよかった小さな一篇だった。

芥川にしろ、谷崎にしろ、近代の日本文学の金字塔には違いない。しかし、古典と二重写しになったふたりの作品を読むと、私たち近代人の人間観が細くやせてねじれているような気持ちになってくる。そのねじれ方とそれぞれの文豪の強烈な匂いが面白いといえば面白いのだが……。

ともあれ、浮かび上がってくる古えの世界は私のそれまでの文学の経験ではみえてこなかった角度から人間という存在を立体化してくれた。もちろん、私の現代人感覚では首をかしげるしかないような不可解はたくさん残されているのだけれど。

さて、かっこいいことばかりいってないで苦労話もしよう。はっきり言ってここで語った作品はすべて自分が現代語訳を担当して比較的うまくいったものである。うまくいったときのことだけ思い出すのは私の度し難い幼児性と能天気。立ち往生してどうしようもないときもあった。歯磨きチューブをいやいや搾り出すように思い出すと、机に向かって頭をたれ、じっとしている自分が浮かんでくる。つぎつぎと課題が出され、しらみつぶしにやっつけていくような気分になった時期もあった。当然、文章は荒れる。自分でもまずいなあ、と思いつつも絞りきったぼろ雑巾のようになった頭では、直そうと思っても時間だけが刻々と過ぎ、やむなく追われるように原稿を出す。すると鋭敏な編集者はあちこちにNGを出す。持ち帰って私は机に向かって頭をたれ、もう、自分には文章を書く資格も能もないのではないか、という漠とした不安に襲われ、あたりの空気が灰色になって身体を締め上げてくるような気持ちになったこともあるのだ。ああ、こんな風に思い出すとそれだけで心臓が動悸を打ちそう。そう、つらいことも多々、あったのである。

こうして約十年の歳月をかけて『いまは昔　むかしは今』全五巻はできあがった。私は百五十以上の昔話、古事記、今昔物語、謡曲などの現代語訳をなんとかこなし、心身ともにほっとした。遠く及びもつかなかったけれど、石川淳の『新釈古事記』（ちくま文庫）の歯切れのいい名訳はいつも私の仰ぎ見る師匠だった。木下順二の『古典を訳す』（福音館書店）では、古典にむかう現代人の脳みその耕し方を教えられた。文の内容を正確に伝えることはもちろん大切だけれども、本当に伝えるべきは作者の語りの呼吸だと、木下さんはいう。彼の現代語訳はそのことを十分に納得させてくれた。読んで読んで、リズムと呼吸を感得し、作者の声が聞こえ、相貌が見えてくるまで待つ。彼の現代語訳は遠い過去の人間の生ま身の声の息づかいを感じさせてくれるのだ。私もそうありたいと思った。いくつかの山に登るうちに、だんだん自分の感覚も耕され、謡曲の「道成寺」を訳したときは、音楽とともに楽しんだ集団のどよめき、息を飲む瞬間、緩急のリズムに体をゆする快感など自分でも共感できたような気がした。そのときの喜びは今思い出しても、へその奥がぬくぬくしてくる。

さて、すべて終わって、気がついてみると、私の頭の隅っこの化石はいつの間にか消えているではないか。ありがたや、ありがたや、南無、南無、南無。

そこから数年、私は深呼吸をしてやすんでいるうちに、長年の最大の敵、『源氏物語』を自分だけの楽しみとして読みたくなった。有名な部分はなんとなく頭に入っていたのだが、作品として通読したことがなかったのである。きっとなにかに出会えるかもしれないという予感がもぞもぞと突き上げてきた。教科書裁判でがんばっていた歴史学者、家永三郎が、古典文学大系の月報に書いていた文章は励ましになった。彼は大学を卒業して、日本史研究の専門家になってから、やっとこ源氏物語の通読を発意し、征服したときには「登山家がはじめて槍の頂上をきわめたときの気持ちもこんなものであろうか」といっている。その後何度か通読したとあって、よし、私だって三度くらい通読すればなんとかなるかもしれない、分かっても分からなくても、ブルドーザーのように前進するぞ、と野蛮な決心をした。

紫式部の目

分からないながらも読み進むという読書は、私の幼いころからの習性といってもいい。私は十歳までが昭和二十年代だった。貧しいその時代、子どものための本など周囲にはほとんどない。両親はインテリでもなんでもなく、大家族の暮らしに追われ、子どもの読書環境に意を注ぐ余裕も関心もなかった。それなのに私はなぜか本好きだった。十歳、十一歳くらいのころから、活字とあらば、読めそうなものはなんでも手を出し、やみくもに読んだ。我が家にある本らしい本はほとんど戦前の大人の本だった。四年生のころだっただろうか、私は本棚にある『金色夜叉』というあやしげなタイトルの厚い本を手にとってみた。ぱらぱらとめくると、中に挿絵があるではないか。長い袖の着物を優雅に着た若い男女がかるたとりをしている絵だった。子ども心に目を惹かれ、さっそく、読み始めた。分からないけれど、戦前は総ルビだからとにかく読める。前に進める。そのうち、ああ、これが「今月、今夜の、この月を」などとラ

ジオの漫才でよく言っているセリフの「貫一、お宮」の物語かと、うすぼんやり分かってきた。貫一、お宮なんて、そんな話、今は口にするのも恥ずかしいほど古色蒼然、若い人は百パーセント、知らないだろう。しかし、昭和二十年代はまだまだ明治の流行小説が生きていたのだ。霧ぼうぼうの中で読んでいくのだが、タイトルの読み方も意味も分からん。タイトルにはルビはついていないのだ。そこで二階から階段をかけおりて、台所の母に聞いた。

「お母ちゃん、キンイロヨマタってなに?」

母は一瞬、ぽかんとし、私が手に持っている本を見て吹き出した。「『こんじきやしゃ』って読むのよ」と言いながら、母は土間にしゃがんで笑い転げていた。

なにがなんだか分からんのは相変わらずだったが、煙霧をかきわけ、かきわけ、分かるところだけのイメージを追って結局、読み通すのである。面白かったか、と今ふりかえって自分に問えば、イエスとはいえない。しかし、読むという行為、読んでいる時間は決して不愉快ではなかった。なぜだろう。たぶん、読むという行為を通して、現実を超えた別世界をのぞいている、そののぞき感覚が子どもの私にはスリリングだったのだろう。別世界が煙霧モウモウでよく見えないにせよ、ちらりとでも見えれば、胸がドキドキした。それに子どもにとって世の中はまだまだ分からないことだらけ。大人の会話に耳を傾けても同じ体験をしていたといえる。

煙霧の中の突貫読書は続いた。五年生か六年生のころ、家にあった漱石の『三四郎』や『我輩は猫である』も読んだ。中学生になって学校の図書室にあったチェーホフの『桜の園』を読んで、分からなさが悲しい霧のように私をつつんだ。バルザックの『ウージェニー・グランデ』も、恋は実らず、読み終わって、狐につままれたようだった。それでも読み通したのである。島崎藤村の『夜明け前』だけは途中で放棄した。放棄したことがショックで、自分に読めない本があることが胸に刻まれ、その悔しさは三十代になって、軽々と読み通したことでやっと晴れた。しかし、そんな読書だけをしていたのではない。一方では、分かりすぎる少女小説や剣豪小説、サラリーマン小説などを貸し本屋で借りまくって、読んでいた。こちらはこちらで、楽しかったが、そんな大衆小説と漱石の違いはおぼろげながら感じていたと思う。数年で消えてゆくものと、百年以上生き残るものとの歯ごたえの違いを。

さて、今回は、千年も生き続けている古典、『源氏物語』の煙霧モウモウ突貫読書について語ろう。三回通読すればなんとかなる、という最初の見通しで、現在、三回目の途中だ。『源氏物語』は手ごわいと、今、痛切に思う。少しずつ物語世界の灯りは大きくなり、読書の明度はあがってはいる。しかし、戦前の検閲本の×××のように、ああ、ここのところは見えないぞ、という部分が一ページに二、三箇所はいまだにある。それが部分になったのは成長だと思う。第一回目は分かるところが部分だったのである。それでも読み通した。いつ、第一回目の通読を終わったのだろう、と、日記を取り出してしらべてみたら、あった、あった。二〇〇四年、十一月二十六日に、こんな変なことを書いていた。

朝、源氏物語の最後の帖「夢の浮橋」を読了。四月より無慮二五〇日近くかかった。Congratulations! と自らに言っても静かなもの。自分で自分を祝うには若くて貧しかった時こそだ。若かったころ、誕生日がくるたびに、自分のために、本としては高価な世界美術全集を一冊ずつそろえていったことが思い出される。今、なにか買うのも面白くなく、なんとせん、考えねばならん。

『源氏物語』の内容についてはなにも書いてないのが笑える。煙霧モウモウ、推して知るべしだ。今の私の記憶だと、第一回目の一大ショックは、それまでのいい加減な知識で、浮舟が宇治川に身を投げてそのまま死ぬと思い込んでいたのに、横川の僧都に助けられることを、初めて知ったことである。たった今、どんな風に助かるんだっけ、と、宇治十帖のうちの「手習」を読み出したら、文章の迫力に気おされて、どんどん読んでしまった。

僧どもが松明に火をつけて寝殿の裏にいくと「森か」とみえる大きな木の下に白いものが広がっている。狐が化けたかと、下っ端の僧どもが気味悪がっていると、なかに大胆なのがいて、そばに近づいて見ると、女が「大きなる木の根の、いと、荒々しきに、寄り居て、いみじう泣」いているではないか。それからの哀れな騒ぎ……ああ、ここは読める、読める、普通の小説とあまりかわらない、としみじみ、今、煙霧が晴れたのがうれしい。

二回目はそれから二年後。私は気が多いから、あちこち脈絡なく、なんにでも手を出す。読書に関しては「あだめき、好きずきしい」光源氏だ。

二〇〇六年十二月十九日にこんなことを書いている。

今度はなにを読もうか。『デイヴィッド・コパフィールド』に挑戦しようかな。井伏鱒二にしようか、『源氏』、再読にしようか、『失われた時を求めて』も待ってるし、

で、どうやら『源氏』再読にとりかかったらしい。「三回読むといったじゃありませんか」と、二年もほったらかしにされて、『源氏』は『蜻蛉日記』の道綱の母のように私を待っていたのかもしれない。

大体の展開はつかめたので今度は速いかと思いきや、違った。細部が気になってきたのだ。細部——それは紫式部の目である。ちょっとした暮らしの現実を捉える具体に即した目。これに出会うと私の読書は目が覚めたように活性化する。そこで私は光る小石を見つけたようにう

れしくなる。

「桐壺」はなんとかいける。が、そのすぐ後ろに控えている「箒木」は難物だ。有名な雨夜の品定め。若い源氏を囲んで頭の中将や左馬頭《さまのかみ》たちがいい気になって、どんどん盛り上がり、どんな女がいいか、ああでもない、こうでもない、と小演説をぶったり、自分たちの体験を披露したりするのだが、こういう会話の部分は分かりにくい。が、二回目で初めて心ひかれるイメージに出会った。「耳はさみがちに、美相なき家刀自《いえとじ》の」という言葉が私をパチンと打ったのである。小石のつぶてだ。

「耳はさみがち」とはなんだ？　どうやらこれは働き者の主婦の癖らしい。王朝の女性の髪形は普通、額の上、真ん中分けで、顔の左右に黒髪がすべすべと滝のように流れ落ちている。これでは視界がさえぎられ、あれこれ立ちまわるのは無理。そこで、おしゃれを忘れた主婦的妻は、邪魔な髪が落ちてこないように耳にはさむわけだ。優雅とは程遠いイメージで、想像するとおかしい。しかし、今の自分でも気ぜわしく台所に立っているとき、つと、耳の後ろにうるさい髪の毛をかきやってしまう。そのときの手の動きが紫式部の文ととても自然に重なり合って、そのリアルさにぎくりとしてしまった。

そんな家刀自と男との心理のすれ違いを描く式部の目はなかなか手厳しく、残酷だ。左馬頭はいう。

「朝夕の宮仕えで公私さまざまの人に混じり、いろんな噂も聞き、あれこれ感じたり、思ったりしたことを、親しい妻に打ち明けて、ともに泣いたり笑ったりしたいではないですか。ところがこの手の妻は聞く耳をもたんのですよ。まあ、言ったってしょうがない。仕方なくひとりで思い出し笑いなどして、『やれやれ』、とつぶやいたりすると、『なに、言ってんの』なんて、こっちをぽかーんと見上げたりして。その目のアホらしいこと。いやになりますよ」

これを女である紫式部が書いているのだからすごい。男の勝手な議論を非難する以前に、式部が男に乗り移る、憑依《ひょうい》能力の深さに圧倒される。夫婦のこんなすれ違いは、男からすれ、女からすれ、今でもあちこちに転がっているではないか。式部の現実洞察、人間観察は永遠の相を帯びている、と思ってしまった。

次に私が目を見張るのは子どもが出てくる場面だ。

源氏に降嫁した女三宮が密通し、源氏の子ならぬ薫が誕生する。もちろん、源氏は気づいている。「横笛」の帖。薫はまだ歩き始めたばかりの赤ちゃんである。柳を削って作った人形のように、白くつやゃかな手足、露草で色取ったような剃り跡の頭、その尋常ならぬ美しさがあれこれ描写されているが、私が目をまるくしたのは赤ん坊の動きである。

この赤ん坊はそのへんをヨチヨチ歩き、盆に盛ってあった筍につと手を出し、「いとあわただしう、取りちらかして、くひかなぐり」などする。一歳になったばかりの子どもの、大人をあわてさせる小怪獣のような動きが目に浮かぶ。私はこんな描写に、カメラの焦点をあわせるように現実をかすめとってくる紫式部の生き生きした目を感じ、はるか千年をへだてつつも、子どもを見つめてきた女性として連帯感でいっぱいになってしまった。

「ああ、きたない。そんなところにそんなものをおいて。早くかくしてしまえ。食い物に目をつける意地きたない子だと、口さがない女房たちにいわれるぞ」

と、源氏は笑いながら薫を抱く。このとき源氏は四十九歳。残り少ない人生を思い、幼いながらも、あたりを払うような薫の美しさに自分を重ねるのだろうか、薫をじっとみつめて言う。

「こんなにきれいな子は生い先、思いやられるなあ。近所には明石の中宮の姫君たちなどたくさんいるから。ああ、私はこの子や孫たちの行く末を見とどけるなんてとてもできないだろう。それぞれに花の盛りは来るだろうけれど」

不吉なことを、と女房たちは眉をひそめるけれど、大人のそんな会話をよそに、赤ん坊の薫は生命力そのものだ。生え始めた歯に食いあてようと、筍を、つとにぎり持ちて、雫もよよと、食いぬらすのである。「つとにぎり持ちて」という表現に小さな手でぎゅっとにぎりしめる赤ん坊独特の力の入れ方が思い浮かぶ。「雫もよよと食いぬらす」も、よだれかけをしないではいられない時期の赤ん坊の口元の濡れ濡れの感じが髣髴とする。薫がかじったのは、どんな状態の筍だったのだろうか。やや小ぶりの筍のゆでたてだったのではないだろうか。皮をむいた、真っ白い筍の新鮮な匂いがする。それが、赤ん坊のむっちりした腕の白さとあいまって、私には映画を見るように場面が思い浮かんだ。

自分がずっと子どもと付き合ってきたので、源氏の色好みとは別の次元で生きている子どもそのものの描写にはいやおうなく惹かれる。大人の道具ではなく、子どもを子どもとして見る紫式部の目が感じられると『源氏物語』の文学としての地平線の広さが見えてくる。今、三回目の通読の途中だけれど、三回目でないと気がつかなかった、子どもの登場の仕方があった。その子の名前は犬君《いぬき》。「若紫」の帖で、源氏が幼い紫の上を垣間見る場面で出てくる。高校の教科書でもおなじみの場面なので、ああ、あの子かと、思い当たる人も少なくないだろう。「雀の子を、犬君が逃がしつる。伏籠の中に、籠めたりつるものを」と、紫は半べそをかいて、尼君に訴える。おつきの女房である少納言がそれを聞いて「あの子、またやったの。思いやりのないひどいことを。こんなことしていつも叱られて、しょうがないわねえ」

犬君というのは紫の上が召し使っている女童、と註にある。しかし、それは表向きの主従関係であって、幼い紫が自分の意志で召し使っているわけではなかろう。どんな事情で犬君がここにいることになったのかは分からないが、周囲の大人が姫君の遊び相手にあてがっているのだと思う。「例の心なしの、かかるわざ」と、少納言がいうのだから、この女の子は、はねっかえりで、いつも身分違いの紫の上の遊びを妨害にかかるらしい。そんな子でも周囲の大人たちは姫君のそばから遠ざけることなく、この子をずっと使い続ける。三回目の通読にかかって初めて気がついてびっくりしたことは、この場面から十ヵ月あまりたったころ、再び、犬君が顔を出すのである。紫の上はすでに源氏の二条院にひきとられ、雛遊びをしている場面だ。紫は小さな御殿をそこらじゅうに広げて、人形遊びに余念がなく、そわそわと忙しそう。見にきた源氏に言う。

「追儺《ついな》するといって、犬君が御殿をこわしてしまったの。だから、今なおしているの」

追儺というのは大晦日の夜にする鬼やらい。鬼の面をかぶった人を大勢で竹などもって追い立てるらしい。

私は想像する。初めはふたりで御殿を並べたりして、調子よく遊んでいたのかもしれない。けれど、「ああしよう」「こうしよう」と、組み立てを考えているうちに、意見が食い違ってくる。「そんなのだめよ」と、紫が言う。「いいんだよ」と、犬君は開き直り、言い争いの末、そこらの御殿を、手でわあーっと、なぎ倒し、「鬼やらい、鬼やらい」といいながら、走って逃げていったのではないだろうか。

これはなかなかのつわものである。おそらく、毎日、大人たちに身分の差を言い立てられ、姫君にさからうな、などと説教もされたかもしれない。それでもいっしょに遊ぶ。北山から引っ越してくるときも、大人たちは犬君を紫から離さなかった。子どもの遊びはひとりでは面白くない。言いなりではない対等な相手が必要なのだ。それでこそ遊びは活性化する。そのことを大人はどこかで分かっていて、どんなに犬君がめちゃくちゃをしても紫のそばにおいているのではなかろうか。が、状況からして叱られるのはいつも犬君だ。犬君はなんと言っても子どもである。心は複雑で、最後に遊びをこわす、という展開が私には痛いほど分かる。

しかし、この犬君は生ま身で物語に登場しない。犬君のしわざを紫が大人に言いつけるときにはいつも姿をくらましている、影のような存在だ。そこが紫式部の憎いところだと思う。子どもの世界を正面から描くのではなく、一種の陰影法を使って、おびきよせている。源氏と紫の上の大人の関係ができあがってゆく過程こそ物語の本願なのだから、紫の上の幼さを描くのに、これ以上適当な筆捌きはない。しかもこの犬君のキャラクターで、子どもの世界に子どもらしい活気をみごとに帯びさせているのである。

私には犬君が愛しい。身分社会の中で紫の上という理想化された女性を唯一批判的な目で見たであろうこの子。その後一度も物語に出てこないこの子はどんな人生を送ったのだろうか。私はついつい、思いをはせてしまう。

それにしても、すべては紫式部という作者の創造した世界だ。この立体感はすごいなあ、と思ってしまう。さあ、これから三回目の通読を達成したら、式部の目が光るこんな細部、すてきな小石がもっともっと見つかるかもしれない。楽しみ、楽しみ。

〈源氏物語の現代語訳のようにして挿入した文はすべて私の自由勝手な意訳です〉

あとがき

この本は二〇〇九年七月から二〇一一年二月まで雑誌「未来」で連載したものに多少手をくわえ、さらに「私の飴玉読書歴」を書き下ろして付け加えたものです。前回のエッセイ集『とんぼの目玉——言の葉紀行』では自由に書きたいように書いているうちに私の内奥にいつも巣食っていた「言葉」の問題に自然に行き着きました。今回も楽観的な私は全体のまとまりはなんとかなるさ、と行き先のない切符を買って汽車に飛び乗りました。うまくいくかなと思いきや、第一回目は見事に失敗。前回の言葉の問題が尾を引いていたのか、ヨーロッパの匂いがする哲学がかった「精神」という言葉を「精神の肩甲骨」というタイトルで半ばからかい気味に分析しようとしましたが、風呂敷が小さすぎて、分かる人には分かる流の自己満足的な結果に終わったのです。結局、この章は没にしました。

これはいかん、と舵を急角度に切り替え、「子ども時代」の食の思い出に焦点を当てたらこれがやけに楽しい。そこでやっと落ち着いて筆を運ぶことができるようになりました。この展開の気ままさ、無原則にわれながらあきれたのですが、こういう無目的は脱線事故も起こすけれど、意外な展開の景色にも遭遇できる、と私はまたもや楽観的な先行きに身を任せてしまったのです。次にエッセイを書くにしても、やはり私は行き先のない切符を買いそうな気がします。好きなところで降りて、街角をきょろきょろ、ふらふら歩きながら、面白そうな店に出くわすと、中に入って徹底観察、徹底考察、そこで自分の位置を見定めて、書き始めるというのが私の思考のパターンらしい。このパターンだけは生まれついての因果か、どうしようもない、と今回身にしみて思いました。

幸い、私のふるさと考は編集者の天野みかさんの名操縦もあって、どんどんレールが延びて、祖父の思い出から、小津安二郎にまでいきつきました。私は小津安二郎の映画からかもし出される空気に触れたとたん魔法の絨毯よろしく、十歳だった私の世界に連れ去られてしまうのです。

今の私の古典の読書観も「私の飴玉読書歴」を読んだ方には苦労の根っこと発展の方向を分かって下さったのではないかと思います。

さてさて、私の楽しくもあり苦しくもあったエッセイ旅行はなんとかターミナル駅に着いて、『家郷のガラス絵――出雲の子ども時代』としてまとまりました。「まったく、無計画というの